TIREZ SANS SOMMATION !

Du même auteur :

« Rouge Baltic »

Pat CARTIER

Tirez sans sommation !

Une enquête du détective Tom Randal

Roman

© 2022, Pat Cartier

Édition : BoD – Books on Demand,

12/14 rond-point des Champs-Élysées, 75008 PARIS

Impression : BoD – Books on Demand, Norderstedt Allemagne

ISBN: 978-2322-4092-11

Dépôt légal : janvier, 2022

PROLOGUE

Tom était à cette époque veilleur de nuit dans un grand magasin de la Rive Droite et s'ennuyait beaucoup trop. Il espérait d'autres horizons et décida de se mettre en quête d'un nouvel emploi.

Ayant terminé sa nuit de travail, il s'arrêta dans son quartier, place de la Contrescarpe, pour boire un café brûlant et réfléchir à la suite des opérations, tout en observant, tel un entomologiste, clients et passants qui débutaient leur journée.

C'était décidé, il fit un saut à son studio, dans une petite rue qui donnait sur la rue Mouffetard, prit quelques curriculums vitae et se dirigea ensuite vers Maubert en scrutant les vitrines des commerces où il pourrait en déposer un.

Une agence bancaire au nom bizarre retint son attention rue Lagrange, non loin de Notre-Dame : « ScandoBank ». Sur la façade, collée à la vitrine de la banque, une affichette précisant que l'agence recrutait. Pourquoi pas ? pensa-t-il.

Il était dix heures du matin quand il pénétra dans l'agence, pas de client mais une réceptionniste attentive derrière son comptoir d'accueil et en face d'elle, debout, une femme en tailleur beige qui semblait lui donner des instructions, sans doute sa supérieure.

Tom n'avait pas dormi de la nuit, il se sentait cotonneux mais décontracté. Avisant les deux personnes, il saisit un curriculum vitae dans son sac et le tendit avec un grand sourire à la femme qui était debout en disant : « je suis Tom Randal, je me présente pour l'annonce ».

La femme debout resta d'abord impassible, avant d'esquisser un très léger sourire, elle dévisagea ce jeune homme de taille moyenne, la trentaine, mince, cheveux bouclés et fines lunettes d'écaille, puis elle jaugea sa mise, fit une légère moue et lui dit « bien, suivez-moi ».

Tom sentit instinctivement qu'il aurait dû optimiser sa tenue avant de procéder à ce qui semblait devenir un entretien d'embauche. Il portait un blouson de cuir léger sur une chemise bleue assortie à un pantalon de velours, « allons, cela va le faire » s'encouragea-t-il.

Il suivit cette femme le long d'un couloir, le temps de détailler sa silhouette, hanches larges, épaules étroites, cheveux châtains courts. Il avait auparavant remarqué son visage fin et régulier, une bouche mince, un nez droit.

La plaque sur la porte en verre de son bureau indiquait bien qu'elle était la directrice, elle s'appelait Delphine Bertaud. Elle se glissa derrière son bureau et invita Tom à s'installer sur un des fauteuils qui lui faisaient face. Elle avait une petite voix, sans couleur, sans passion apparente, tout au plus quelques inflexions qui pouvaient révéler sa pensée.

En quelques mots elle lui expliqua que le groupe Scando-Bank, d'origine danoise, récemment installé en France, disposait de trois agences Rive Gauche et comptait en ouvrir cinq l'an prochain Rive Droite, toujours près des zones touristiques.

Elle lut ensuite son curriculum vitae, quelques légers haussements de sourcils, suivis d'un demi-sourire, à la vue de son curieux parcours professionnel, on pouvait y lire : maître-nageur sur des plages du Sud-Ouest, promeneur de chiens à Versailles, pompiste, vigile dans des supermarchés, bagagiste d'hôtel, réceptionniste, agent de sécurité, garçon de café, une longue liste à la Prévert, jamais plus de six ou huit mois à un poste.
Puis elle lui posa les questions d'usage sur ses emplois successifs, sur ses motivations et centres d'intérêt :
— Vous habitez loin de l'agence ?
— Pas du tout, je loue un studio dans une petite rue qui donne sur la rue Mouffetard.
— Vous êtes marié, célibataire, ou…
— Célibataire.
— Et vos parents sont…
— Ils sont décédés il y a plus de vingt ans dans un accident de voiture, j'avais huit ans lorsque mes grands-parents

maternels m'ont recueilli dans leur pavillon à Croissy. Je suis allé au lycée de Versailles où j'ai passé le bac, comme indiqué dans mon curriculum vitae.

Delphine Bertaud poussa un petit soupir, que Tom interpréta comme de l'empathie pour son cas personnel puis après un silence elle lui avoua :

— Je n'ai pas d'emploi typiquement bancaire à vous proposer, nos équipes sont réduites, un chef d'agence, un réceptionniste et un commercial, vous n'avez pas de formation commerciale, je crois.

— Non, mais j'ai été souvent en contact avec la clientèle des sociétés qui m'ont employé.

— Oui, je comprends, peut-être pourrions-nous voir autre chose, suggéra Delphine Bertaud d'un air encourageant.

— Je suis ouvert à toute proposition.

— Je réfléchis à une option possible pour l'instant dans notre organisation, nous sommes filiale d'un groupe étranger, nous avons encore quelques soucis à régler. D'abord avec la législation française, nos formulaires et procédures doivent s'adapter en permanence aux règles locales, en cas de problème il nous faut immédiatement y remédier. Ensuite avec nos clients qui ont pris des engagements, il nous faut parfois intervenir s'ils ne respectent les contrats ou ne les comprennent pas.

— Je n'ai aucune formation juridique, s'inquiéta Tom.

— Oui, mais je pourrais vous proposer un poste au contentieux, créé pour vous en somme… vous régleriez les soucis des trois agences, qui vous transmettraient les dossiers de contentieux, qu'en pensez-vous ?

— Mais je dépendrais de qui ?

— De moi, fit lentement Delphine avec un léger sourire.

Tom fixa longuement Delphine Bertaud dans les yeux, réajusta sa position sur le fauteuil, puis il conclut sur un ton enjoué « je suis prêt à tenter cette… aventure ».

SEPTEMBRE

Chapitre 1

Presque deux ans, déjà, qu'au service des trois agences, Tom intervient avec perspicacité sur tous les problèmes qui peuvent gripper la machine bancaire. Il est apprécié des équipes en place, avec lesquelles une camaraderie s'est installée. Souvent il déjeune avec ses collègues dans un bistrot près d'une agence. C'est bien la première fois qu'il reste au même poste aussi longtemps.

Avec Delphine, c'est différent, une distance hiérarchique est restée de mise, mais un jour chaud du mois de septembre, sans préavis, elle le fait venir dans son bureau: « on pourrait faire le point sur votre début de carrière, êtes-vous libre à déjeuner demain ? ».

Tom acquiesce, mais le lendemain matin Delphine lui fait part d'un contretemps, « je suis prise à déjeuner, un imprévu, alors disons plutôt ce soir pour dîner ? » et dans l'après-midi le croisant dans le couloir de l'agence elle lui confie « oh j'ai trop mangé à midi, il me faut quelque chose de léger ce soir, venez donc chez moi, je vous donne l'adresse, on grignotera un encas » puis elle poursuit dans le couloir d'un pas léger.

Vers vingt heures, Tom est devant l'immeuble indiqué par Delphine, situé rue Mazarine. Il est passé auparavant chez lui se changer, il a mis une tenue légère, chemise en lin et pantalon de toile, car ce début de mois de septembre est encore très agréable. Il se demande bien quelle raison a poussé Delphine à l'inviter, après presque deux ans de contacts très superficiels. Il ajuste une dernière fois sa tenue et sonne.
Un vieil escalier en bois, aux marches en biais, l'emmène en grinçant au deuxième étage de cette maison fort ancienne. Delphine l'attend sur le palier, « on se fait la bise » lui sourit-elle, il pénètre dans l'appartement tout aussi ancien que la maison, poutres en bois au plafond, mais la décoration est résolument moderne, tables en verre, tableaux minimalistes, luminaires défiant la pesanteur.

Delphine porte une robe en lin beige fermée devant par quelques boutons, sauf ceux du haut qui laissaient entrevoir sa poitrine et ceux du bas d'où s'échappent des cuisses bronzées et fuselées.
— Asseyez-vous sur ce canapé, j'apporte de quoi nous sustenter.
— J'aime beaucoup votre déco.
— Je trouve souvent dans le quartier des objets insolites, tenez, prenez le plateau, je prends les verres, un peu de vin rouge, cela vous va ?

Elle vient s'asseoir tout à côté de lui, lui tend le verre de vin, ils trinquent, elle lui sourit, il sent sa cuisse chaude contre la sienne.

Quelques banalités et quelques verres de vin plus tard, Tom se détend et remarque même la musique de jazz qui leur tenait compagnie dans le salon, depuis son arrivée certainement.

Delphine lui propose un plateau de petits fours, il se sert, une main prise par le verre de vin, l'autre par un petit beignet au fromage, Delphine n'a aucune peine à s'approcher contre lui, à lui prendre lentement le visage entre ses mains et à l'embrasser doucement mais longuement sur la bouche. Tom se laisse faire sans manifester un quelconque sentiment : « cela reste entre nous, Tom, n'est-ce pas ? »

Un peu plus tard, ils sont allongés, tous deux passablement nus sur le canapé, Delphine caresse Tom :

— J'ai eu envie de toi dès que je t'ai vu.
— C'est pour cela que tu m'as embauché ? plaisante Tom.
— Pas du tout, d'ailleurs tu es le seul de la société avec qui j'ai couché, tu es un peu une énigme pour moi, tu ne parles guère mais on sent que tu as des opinions bien marquées, je cherche à percer le mystère sans poser de questions, vois-tu.
— Il n'y a pas de mystère.
— Tu as une copine en ce moment ?
— Non.
— Alors on pourra se revoir ?
— Si tu veux.
— Tu sais, j'ai 44 ans, cela doit bien faire dix de plus que toi, cela ne te gêne pas ?
— L'âge n'a rien à voir.

Delphine fait une petite moue, sans y croire, Tom poursuit :
— Et toi, tu es mariée ?
— Oui, mon mari est informaticien, mais on ne vit pas vraiment ensemble en ce moment, nous sommes un peu en froid.

Ils se remettent à boire du vin, manger des petits fours et faire l'amour, Delphine se serre contre lui sans parler ou alors en chuchotant.

Il doit être une heure du matin quand Delphine conseille à Tom de rentrer chez lui :
— Je préfère qu'on ne te voie pas dans l'immeuble, les gens adorent trop les rumeurs ici.
— Si tu veux, j'y vais, mais tu voulais aussi me parler de ma situation, non ?
— Oui bien sûr, en fait je voudrais te présenter quelqu'un, finalement je t'en parlerai demain au bureau, viens me voir, disons vers 10 heures ?

Tom se lève, s'habille sans hâte, il ne parle pas mais cette soirée lui parait plus qu'étrange, même si l'accueil de Delphine a été fort agréable il manquait une chaleur, comme s'il y avait trop de non-dit, mais Tom choisit de ne poser aucune question.

Quand il est dans l'entrée prêt à partir, elle vient se coller contre lui, nue, l'embrasse avec un léger mouvement de tendresse. Une envie mais aussi une frustration submerge Tom, il la pousse contre le mur, défait en vitesse son pantalon et la pénètre sans égards avec force. Elle se laisse faire, bien que très étonnée.

Rhabillé, il l'embrasse doucement, en plongeant son regard dans ses yeux et sort sans se retourner.

Le lendemain, Tom est dans son bureau quand il voit passer, vers 9 h 30, accompagné de Delphine, un homme grand, portant beau la soixantaine, carrure athlétique, visage hâlé, mâchoire carrée, cheveux gris abondants formant casque, costume de tailleur gris foncé, cravate de soie, souliers vernis, une mallette de cuir brun à la main gauche, une vraie gravure de mode, il sourit à Delphine qu'il semble bien connaître.

À 10 heures, le visiteur de Delphine n'étant toujours pas repassé dans l'autre sens, Tom décide de s'approcher du bureau de Delphine, mais quand il voit à travers la porte transparente que le visiteur est toujours là, il hésite à entrer. Il entend alors Delphine qui lui crie « viens, entre ».
Tom a quelques secondes pour recoller les morceaux : d'une part l'invitation de la veille au soir par Delphine et faisant comme une suite le rendez-vous de ce jour au bureau avec ce type. En attendant de comprendre, seule solution : masquer sa perplexité et cacher ses pensées.

Quand il entre, Delphine et le type se lèvent, elle fait les présentations :
— Charles, voici Tom Randal dont je t'ai parlé. Tom, je te présente monsieur Charles Marchetti, un de nos meilleurs clients, un ami de longue date aussi.

Les deux hommes se serrent la main, s'assoient en face de Delphine, puis ils se regardent de façon appuyée, comme s'ils se jaugeaient, Tom a le sentiment confus qu'il se fait manipuler, sans comprendre la manœuvre. Delphine interrompt ce face à face pesant, d'une voix rapide et sans couleur :

— Tom, je voulais te présenter Charles qui a une proposition intéressante à te faire, je ne peux que te conseiller de l'écouter, Charles à toi si tu veux bien.

— Merci, fait Charles en s'éclaircissant la voix, Delphine m'a parlé de vous en bien, vous êtes débrouillard et inventif. Il doit être clair que cette conversation restera secrète quelle que soit la décision que vous prendrez, n'est-ce pas ? Tom approuve de la tête. Sachez que je possède une holding financière dans laquelle j'ai logé différentes participations, l'une dans la parapharmacie où je suis majoritaire, les autres dans le tourisme et les services informatiques où je suis minoritaire, toutes où je détiens un poste d'administrateur.

— Et c'est Delphine qui gère vos participations ? interrompt Tom avec un sourire vers sa patronne.

— Pas du tout, mais j'en viens au sujet qui me préoccupe. J'ai un fils unique. Pour préparer ma succession je lui ai déjà cédé un bon tiers des parts de ma holding. Ce lascar, qui doit avoir à peu près votre âge, s'est entiché il y a deux ans d'une Anglaise, Jennifer, un mannequin, belle fille certes, qui aime faire tourner les têtes, grande et mince, peau d'albâtre à l'anglaise, vous voyez le tableau, mon fils s'est marié avec elle, en Angleterre, sans me prévenir, ils ont opté pour un contrat de communauté de biens, elle n'apportant rien et mon fils tout. Bien sûr maintenant elle mène un grand train de vie, prend des amants, mon fils veut divorcer, elle va réclamer la moitié des parts que détient mon fils dans mes affaires.

Charles Marchetti s'interrompt, un petit soupir, observe Tom qui n'a pas manifesté de réaction, puis jette un œil à Delphine. D'un hochement de tête elle l'encourage à poursuivre, malgré le mutisme de Tom :

— C'est là que vous intervenez, Tom.
— Ah oui, pourquoi ?
— Parce que, comme je vous l'ai dit en préambule, vous me paraissez avoir les capacités pour la mission que j'ai en tête.
— Je suis flatté, mais en quoi consisterait cette mission ?
— Je vous explique, j'ai pris contact avec une officine de Londres, nous allons monter un « flagrant délit d'adultère » pour conforter notre dossier de demande de divorce qui passe au tribunal dans une semaine.
— Dans une semaine, mais comment faites-vous ?
— Tout est prêt, Jennifer revient dans deux jours des USA par un vol British Airways New York-Londres, elle voyage en première classe, vous avez le siège à côté d'elle.
— Ah bon ?
— Oui, vous avez aussi une suite de 90 m^2 réservée au Four Seasons Park Lane de Londres au nom de Anthony Dufour. Vous avez carte blanche dans l'avion pour entrer en contact avec elle et l'amener, à la descente d'avion, à visiter votre suite du Four Seasons. En arrivant, le concierge vous remettra votre clé et une enveloppe contenant le numéro de téléphone interne à composer au moment où vous serez nu, elle aussi, de préférence sur le lit, pour avertir le photographe de l'officine et son collègue, qui auront votre clé et surgiront pour immortaliser la scène. Les journaux qui seront sur le guéridon près du lit doivent y rester pour dater ce grand moment. Des questions, peut-être ? ah j'oubliais, je vous remets ce jour dix mille euros d'avance, en espèces car il ne doit pas y avoir de liens entre

nous, après l'opération, je m'engage à vous rétribuer plus que généreusement, je pense à un petit deux-pièces non loin d'ici et six mois de salaire confortable.

Les regards de Delphine et Marchetti se concentrent sur Tom qui n'avait encore rien laissé paraître de ce qu'il pense. En lui-même il bouillonne, car il déteste le côté manipulateur, trop assuré, de Marchetti, ceci dit le deal proposé ne semble pas contenir de gros risques, mais au contraire une récompense sur-dimensionnée. Il fixe du regard Marchetti et se lance :

— Ce serait pour quand ?

— Bien, fait Marchetti en plongeant sans plus attendre la main dans sa mallette, voici les fonds, dix mille euros, votre billet pour aller demain matin à New York, vous partez de CDG, vous arrivez fin de matinée là-bas et voici pour le soir même votre billet retour à côté de Jennifer. Vous trouverez ensuite chez le concierge du Four Seasons à Londres les éléments que j'ai cités. Après l'opération, rentrez tout de suite à Paris par l'Eurostar, voici le billet, je vous retrouve le lendemain de la journée de conciliation du tribunal de Londres, dans cinq jours, dans le bureau de Delphine, je vous donnerai le titre de propriété de la société civile immobilière, dont vous serez le seul actionnaire, qui détient ce petit appartement de deux pièces rue de l'Odéon, puis aussi copie du virement mensuel que vous recevrez pendant six mois.

Là-dessus Marchetti, sans s'attarder sur d'éventuelles questions de Tom, se lève, fait le tour du bureau pour embrasser Delphine, en laissant sa main s'égarer longuement dans le dos de la directrice, revient serrer la main de Tom qui s'était levé à son tour et sort du bureau sans se retourner.

Tom reste debout, les bras ballants, cherchant à comprendre son rôle dans ce qui ressemble à un guet-apens, pour cette Jennifer en tout cas. Pourquoi cette récompense si élevée ? pourquoi un appartement précisément ? parce que ce Marchetti en a trop ?

Il sent bien que ce plan si minutieux était en place depuis un moment, certainement la séance de la nuit précédente avait été le test par lequel Delphine a dû confirmer le feu vert à Marchetti.

Tom dévisage Delphine. Elle l'observe aussi, imperturbable, mais avec un regard bienveillant. Sans un mot, elle s'approche contre lui, appuie légèrement ses lèvres sur la bouche de Tom et lui murmure « allez, bonne chance » en lui frôlant le bras droit, puis elle retourne s'asseoir à son bureau. Fin d'entretien pour Delphine, Tom sort.

Chapitre 2

Tom n'était évidemment jamais allé aux USA. Dès l'arrivée à JFK en montant dans un taxi pour Manhattan il a l'impression d'être dans un film de Scorcese. Disposant d'une après-midi de libre, il choisit de la passer à humer l'atmosphère trépidante de la ville qui ne dort jamais, il se promet d'y revenir.

Il s'est habillé en homme d'affaires décontracté, selon les recommandations de Delphine, costume léger en lin beige, qu'il a dû acheter avec les deniers versés par Marchetti, chemise à rayures et une cravate, sa première cravate, qu'il avait choisie en soie jaune dans un magasin de la rue de Sèvres. La vendeuse avait dû lui montrer comment faire le nœud de cravate. Ils avaient plaisanté ensemble, elle était presque contre lui dans la cabine d'essayage, Tom lui avait proposé de se revoir, « pour défaire le nœud de cravate ? » avait rétorqué en éclatant de rire la jolie vendeuse.

Tenant à la main sa mallette noire d'homme d'affaires qui ne contient guère que ses billets d'avion et d'hôtel à Londres, il arpente la 5th Avenue, pour prendre le pouls de la ville, il s'étonne du rythme infernal qui propulse tous ces gens, toutes ces voitures, puis il approche de Central Park qu'il découvre comme une oasis de calme relatif, oui il se promet de revenir ici.

Son vol de retour est le soir à 21h45, il prend un taxi, conduit par un jeune Pakistanais, quitte Manhattan à regret, séduit par la Grosse Pomme.

Il enregistre tôt, embarque dès que possible et gagne la zone *first class* de l'appareil, accueilli chaleureusement par le personnel de bord. Il n'y a que quatre sièges par rangée, un à chaque hublot, et deux au centre mais séparés par une cloison assez haute. Tom a le siège côté hublot de droite, il sait aussi que Jennifer a celui au centre, mais de son côté, ils pourront se parler, à travers l'allée.

Il choisit, sans plus réfléchir, de s'installer à la place de Jennifer et attend. L'embarquement se poursuit lentement, la *first class* est presque pleine.

Jennifer arrive la dernière, façon princesse anglaise, grande, cheveux longs blonds et yeux bleus, vêtue d'une robe en soie beige cintrée à la taille par une fine ceinture en cuir, un châle léger en cachemire imprimé recouvrant ses épaules. Elle se dirige vers sa place, qu'elle découvre occupée. D'abord une moue d'exaspération : à quoi cela sert-il de choisir la *first class* pour trouver quelqu'un occupant sa place, comme font les gens en classe éco, le bétail pense-t-elle avec dédain ?

Debout devant sa place elle dévisage le quidam qui lit tranquillement, assis sur son siège.

Tom prend son temps, faisant semblant de n'avoir rien vu, puis il lève la tête, regarde Jennifer, lui dit bonjour en français, la toise avec un sourire façon « j'ai de la chance d'avoir une si belle voisine », s'apprête à reprendre sa lecture quand Jennifer, radoucie par le compliment muet de Tom, lui touche l'épaule gentiment :

— Vous êtes à ma place, susurre-t-elle avec un accent à la Jane Birkin.

— Oh, vous parlez bien français !

— Par la force des choses, j'ai un stupide mari français, le tout dit avec un grand sourire.

— Qui ne vous accompagne pas ? ce n'est pas prudent de sa part.

— Vous croyez ?

— C'est bien dommage qu'il n'y ait pas de siège pour deux, je vous laisse donc votre place, avec toutes mes excuses, mais bien à contrecœur.

— Qu'est-ce que c'est, contrecœur ?

— J'aurais pu être tout contre votre cœur, plaisante Tom qui se lève, faisant mine de trouver son billet et de constater : ah oui, je suis là, ah mais quand même pas loin de vous, j'espère vous revoir pendant le vol, je m'appelle Anthony.

— Et moi Jennifer, nice to meet you.

Après le décollage et le service d'une collation, les lumières de la cabine ont été éteintes pour ce vol de nuit, l'arrivée étant programmée à Londres à 9h35.

Les sièges ont été déployés en lits, les couvertures dépliées, le silence règne dans la cabine, en dehors du bruit régulier des moteurs.

Jennifer ne trouve pas le sommeil, tourne parfois la tête vers Tom, de l'autre côté de l'allée, chaque fois elle croise le regard de Tom qui l'observe dans la pénombre.

Il fait mine d'allonger le bras, vers elle, comme une invite.

Un long moment se passe, puis il voit Jennifer se lever, grande et mince dans sa robe si fluide, mais qui n'avait plus de ceinture. Sous les yeux écarquillés de Tom, Jennifer, debout dans l'allée, se déhanche pour faire glisser lentement sa petite culotte de soie grège qu'elle retire et jette sur son siège, puis s'avance vers le lit de Tom qui s'était remis à plat dos.

Elle se met à genoux sur le lit, le chevauchant, elle entreprend de défaire le pantalon de Tom, le caresse, puis lentement s'empale sur lui. Tout en lui souriant dans cette pénombre elle cherche son plaisir par de petits coups de rein.

Dans l'allée un steward qui passait s'arrête, il les regarde, Jennifer lui sourit sans gêne et elle jouit doucement. Le steward s'éclipse sans mot, Jennifer effleure délicatement les lèvres de Tom, elle se remet debout et regagne son siège en silence.

Il fait jour à présent, l'avion a entamé sa descente, les volets des hublots ont été relevés, les passagers circulent dans la cabine, allant se rafraîchir aux toilettes, les hôtesses ramassent les couvertures pour les ranger, les passagers actionnent les lits pour les remettre en position siège.

Tom se lève, fait un pas vers le siège de Jennifer qui repose son livre, tourne la tête et lui sourit, ils ne s'étaient pas encore reparlés. Tom se penche alors vers elle, « c'est le moment » pense-t-il :
— Jennifer, j'ai encore envie de toi, mais ici cela va être difficile, il lui sourit.
— Tu veux essayer? lui balance Jennifer avec une moue provocante.
— Il y a mieux, je crois, j'ai une suite au Four Seasons de Park Lane, dès notre arrivée nous pouvons aller à l'hôtel, qu'en penses-tu, tu as le temps ?
— Tu es assez français, Anthony, enfin pas comme mon idiot de mari, avec qui j'ai rendez-vous pour déjeuner à 13 heures.
— Mais on pourrait être au Four Seasons vers 11 h 30 ou midi.
— J'ai rendez-vous avec mon mari non loin de là, bon, cela peut marcher, c'est d'accord, mais je vais être dans un état, cela t'excite de m'envoyer ainsi à mon rendez-vous avec mon mari ?

Jennifer marche devant lui sur la passerelle qui conduit de l'avion à l'aérogare, Tom n'en revient pas d'avoir pour l'instant réussi à persuader Jennifer de l'accompagner à l'hôtel. Il reste sous le charme de cette nuit dans l'avion, mais commence à être envahi par la crainte de ne pouvoir réussir la partie essentielle de sa mission, à cause de ce timing compliqué avec les photographes.

Ils sortent du taxi à 11h45 et s'engouffrent dans le hall de l'hôtel. Tom fait signe à Jennifer de l'attendre un instant dans un des profonds fauteuils, se dirige ensuite vers le concierge, un Asiatique vêtu d'une belle livrée noire, à qui il se présente comme Anthony Dufour et demande son courrier. Le concierge, après avoir consulté son dossier, lui tend sa clé ainsi qu'une enveloppe. Tom l'ouvre et lit le numéro de téléphone qu'il doit appeler pour donner le signal aux photographes d'intervenir. La nervosité commence maintenant à l'envahir, il déteste cette situation fausse mais trop tard, il ne peut plus reculer. En traversant le hall il a l'impression que deux hommes le suivent des yeux, peut-être les photographes.

Il rejoint Jennifer dans le hall et l'aide élégamment à s'extirper de son fauteuil, « c'est au 5ᵉ étage », ils traversent le hall comme un couple amoureux, Jennifer jetant néanmoins quelques regards pour s'assurer qu'elle ne va pas tomber sur de vieilles connaissances, puis ils s'engouffrent dans l'ascenseur. Tout de suite Jennifer se colle contre lui et l'embrasse, « tu ne remarques même pas que je n'ai pas remis ma petite culotte » minaude-t-elle en prenant la main droite de Tom et en la faisant glisser sous sa robe. Tom doit faire un effort pour continuer à jouer le jeu, ne rien dévoiler, pas maintenant.

Arrivés au 5ᵉ étage, ils marchent le long d'un couloir revêtu d'un épais tapis, Jennifer collée à Tom qui n'en mène pas large. Ils entrent dans leur suite, traversent un salon en l'ignorant, foncent vers la chambre, oubliant d'admirer la vue sur Londres et le parc.

Fébrile, Tom se déshabille hâtivement, Jennifer retire sa robe d'une main, elle se jette sur Tom qui n'a pas encore pu retirer sa chemise et qui s'affale en arrière sur le lit, mais Jennifer s'inquiète, « c'est tout l'effet que je te fais ce matin ? » en voyant sa verge. Tom tourne la tête vers le téléphone sur la table de nuit à côté du quotidien du matin, trop loin, il doit repousser légèrement Jennifer qui ne comprend pas, « attends, je dois juste donner un coup de fil », Jennifer nue se redressa un instant pour le laisser saisir ce maudit téléphone, « ah les cours de la Bourse, *I presume* ».

Tom agrippe le combiné comme une bouée de sauvetage, compose le numéro, c'est visiblement un numéro de chambre, peut-être même la chambre d'à côté, il écoute une voix qui lui dit « OK, *we arrive* », il raccroche, Jennifer s'impatiente « ah ce n'était pas trop long, mais toi, tu es aux abonnés absents, dis donc » elle se remet sur lui. À ce moment précis, elle aperçoit dans une glace deux hommes qui se sont introduits sans bruit, sur le seuil de la chambre, mitraillant de leurs appareils photo les deux amants sur le lit, Jennifer la tête tournée vers eux, parfait...

Comme une furie, Jennifer se redresse, nue, bondit vers eux, qui reculent, font leurs dernières photos et disparaissent en claquant la porte. Jennifer hurle, sort aussi, hésita à courir nue dans le couloir, puis revient essoufflée et furieuse. Tom toujours allongé sur le lit la dévisage de son air le plus innocent, « c'était des journalistes, tu crois, Jennifer, non ? ».

Elle le toise comme si c'était un demeuré, s'habille en vitesse, ramasse son sac et son écharpe, sans un mot elle s'en va en claquant la porte.

Chapitre 3

Il pleut sur Paris, une pluie fine et chaude d'été, en ce milieu du mois de septembre, Tom adore regarder tomber la pluie, surtout écouter le crépitement des gouttes sur un toit ou une vitre. Il est assis dans le bureau de Delphine, ils attendent Marchetti.

— Tu t'es vraiment bien débrouillé dans cette affaire, bravo, Tom, tu es un vrai détective privé, commente Delphine.
— Ah bon, tu trouves ?
— Oui, Marchetti est très content de toi, il te le dira. Mais j'ai vu les photos prises au Four Seasons, tu n'avais pas l'air de prendre ton pied.
— Je peux me rattraper ce soir, on peut se voir ?
— Ah non, Marchetti m'a invitée à dîner, désolée.
— Dis-moi, cette Jennifer ne peut pas me chercher des noises ?

— Je ne vois pas comment, tu étais Anthony Dufour au Four Seasons, la piste s'arrête là, rien à craindre même si elle cherche à remonter à l'origine du guet-apens, d'ailleurs tu vas quitter la banque.
— Comment cela ? bondit Tom.

Il se sent à nouveau pris par surprise, c'est comme quand il essayait de jouer aux échecs, étant adolescent, avec son grand-père, il avait chaque fois un coup de retard, mais ici c'est une autre affaire, il déteste se faire ainsi manipuler, même si au final il n'est pas perdant financièrement, enfin d'après ce qu'il croit avoir compris...
Delphine se veut plus accommodante, mais toujours persuasive :
— Avec ce que Marchetti va te donner, tu vas pouvoir t'installer dans ton nouveau job, détective privé, non ?
— Attends, tu vas un peu vite, nouveau job et quitter la banque ?

Tom se met à s'affoler...

— Oui, d'abord quitter la banque, la ScandoBank ne peut pas te garder, si jamais il y avait des suites judiciaires, tu t'en rends bien compte, non ?
— Mais tu viens de dire qu'on ne peut pas remonter jusqu'à moi.
— Je maintiens ce que j'ai dit, mais je crois que le frère de Jennifer est dans la police ou un organisme de ce genre, je ne connais pas les détails, il y a peut-être un risque de 1 %, très faible, qui ne doit pas nous empêcher de dormir.
— Et donc ?

— Donc nouveau job, tu es doué pour ces missions de détective, vraiment doué, tu as un sens des initiatives prises rapidement, tu as de la jugeote, Marchetti te met le pied à l'étrier avec son aide financière et le petit appartement qui deviendrait ton agence.

— On me vire et on me reclasse, si je comprends bien ?

— Oh ! ne vois pas les choses ainsi, d'une part je ne peux pas prendre le risque de te garder et d'autre part ce métier de détective privé est parfait pour un type comme toi, tu nous remercieras plus tard, je te le garantis. Donc j'ai préparé pour toi une lettre de démission où tu me dis que tu quittes la banque pour voler de tes propres ailes. Tu la signeras avec les papiers de Marchetti.

— Je vois, je vois, cela ne traîne pas avec toi, Delphine !

Tom pivote d'un quart de tour sur son fauteuil pour voir la pluie ruisseler sur la vitre du bureau, essayant de garder son calme. Berné, pas berné, manipulé ? Perdant, gagnant ? Pour l'instant plutôt gagnant, mais vigilance.

Rompant le silence pesant qui flotte dans le bureau, Marchetti entre enfin et salue tout le monde d'un bonjour sonore, il semble très content. Il ôte son imperméable trempé, ouvre le bouton de sa veste gris foncé à rayures fines, toujours très « british », fait le tour du bureau pour embrasser Delphine, serre la main de Tom et s'installe sur le fauteuil restant libre.

Il sort un dossier de sa mallette, le pose sur le bureau de Delphine, et se tourne vers Tom :

— Je suis très satisfait de votre prestation, votre présence n'a même pas été mentionnée dans l'opération par cette Jennifer Osborne, elle croit simplement avoir été repérée à son arrivée à l'aéroport et suivie au Four Seasons. Vous êtes donc à l'abri dans ce dossier.

— Elle n'a fait aucun commentaire à mon sujet ?

— Non, aucun. Par contre à la séance de conciliation, les photos ont fait leur effet, elle a préféré céder sur ses prétentions des actions détenues par mon fils. Je lui ai proposé un petit appartement bien situé dans Londres, c'était pour elle un bénéfice immédiat tangible, par rapport à une bataille pour des titres dont la négociabilité ne lui était pas acquise. Pour moi, le risque d'avoir un étranger s'immisçant dans mes participations de sociétés était énorme, j'étais tout disposé à proposer ce genre de transaction. En ce qui nous concerne, poursuit Marchetti en sortant une pochette de sa mallette, voici le titre de propriété à votre nom de la société civile immobilière Odéon17 qui contient un appartement de deux petites pièces, avec kitchenette et salle d'eau. Bon, vous verrez, ce n'est pas l'affaire du siècle, il est assez ancien, mais correct. Voici les clés de l'appartement qui est vide, il était d'ailleurs prêt à la location, donc repeint et propre. Pour vous remercier du parfait déroulement de l'opération, ci-joint un chèque de 10 000 euros pour vous meubler. J'ai aussi mis en place un ordre de virement mensuel sur votre compte ici, pour les 6 mois à venir, vous permettant de démarrer dans votre nouveau métier. J'ai également fait les démarches pour vous, afin de vous enregistrer comme détective privé, vous n'aurez plus qu'à terminer de remplir les formulaires que voici.

— À ce propos, Delphine, et vous aussi Monsieur Marchetti, vous semblez tous deux m'avoir propulsé vers cette nouvelle carrière sans me consulter, surtout m'avoir propulsé hors de la Scando Bank, je suis étonné !

— Tom, voyons, il me paraissait clair, interrompt Delphine, qu'en te proposant cette opération qui n'avait rien à voir avec nos activités, cela clôturait ton contrat ici, nous venons d'en parler juste avant l'arrivée de Charles, n'est-ce pas ?

— Si je puis me permettre, Tom, ajoute Marchetti, votre nouveau job va être plus lucratif, plus varié, beaucoup plus intéressant ! et sachez que si vous aviez besoin d'une aide quelconque, je suis joignable, d'ailleurs voici ma carte de visite avec un numéro où me joindre, en cas d'urgence seulement, n'est-ce pas. Je n'oublierai pas que je vous suis redevable.

— Tiens, Tom, reprend Delphine qui lui présente une feuille, voici ta lettre de démission de la Scando, avec effet immédiat, que tu voudras bien signer en même temps que le transfert du titre de propriété de Odéon17 à ton nom.

Que faire ? Tom n'a guère le choix, l'attitude sèche de Delphine ne l'incite pas à se battre pour rester à son service et la côtoyer chaque jour dans cette ambiance. Il saisit le stylo qu'elle lui tend, signe les documents, se prépare à quitter le bureau quand Marchetti lui touche le bras :

— Allons fêter cela, je vous emmène tous les deux déjeuner à côté, il y a un excellent petit restaurant italien !

En chemin, tandis que les trois marchent sur le boulevard Saint Germain, que Marchetti s'est isolé un instant pour répondre à un appel téléphonique, Tom rumine sa situation, il n'arrive pas encore à digérer la façon dont on l'a installé sur un siège éjectable avant sa « mission Jennifer », dont ensuite on n'a pas hésité à appuyer sur le bouton « eject », une fois la mission terminée. Certes sa future situation peut s'avérer intéressante, mais même la prodigalité de Marchetti lui parait suspecte, il n'est pas habitué à de telles largesses, il s'en ouvre à Delphine :

— Passons sur la manière dont je dois quitter la banque, mais même la libéralité de Marchetti me semble disproportionnée par...

— Tom, prends les choses comme elles viennent, dis-toi bien que le geste de Marchetti n'a pas pour lui la même importance qu'il a pour toi qui le reçois, de plus ce geste a forcément une contrepartie...

— Ah bon, laquelle ?

— Mais c'est très simple, il ne te remerciait pas seulement pour ta brillante prestation, il achetait aussi ton silence dans toute cette affaire.

— Mon silence ?

— Oui, cela veut dire : quelles que soient les circonstances, tu es lié par une clause de silence, ou confidentialité si tu veux, tu comprends ?

— C'est bien mystérieux !

— Pas du tout, je te parle en général, je ne peux pas t'énumérer les cas possibles où tu pourrais être approché pour être, disons, interrogé, alors ton silence lui est acquis, voilà.

— C'est cela qui fait partie du « deal » ? un drôle de type, ce Marchetti.

— Tu sais, je le connais depuis fort longtemps...

— Oui, je m'en doute, à la façon dont il te frôle les fesses quand il passe à côté de toi !

— Oh il y a prescription, mais bon, avant d'être le businessman puissant qu'il est maintenant, je l'ai connu quand il était, je crois, une sorte d'honorable correspondant dans des affaires sous-traitées par les services de renseignement à l'étranger.

— Ah bon, c'est un espion ?

— Je n'ai pas dit cela, tu sais bien qu'il existe des sociétés privées de sécurité opérant à l'étranger, à qui un gouvernement peut faire sous-traiter des missions… variées, bref c'est ainsi, je suppose, qu'il a dû garder des contacts avec les dirigeants de ces sociétés et…

— Ce n'est pas clair du tout, Delphine.

— Mais dans ce cas précis, le cas Jennifer, il ne voulait simplement pas activer ses contacts professionnels de l'époque car il s'agissait de résoudre son problème purement privé. Toi, tu as joué la partie de manière parfaite, aucune bavure !

— Mais où ai-je mis les pieds ?

— Nulle part, ne t'inquiète donc pas, disons qu'il s'agit de confidentialité dans les affaires, répond Delphine en souriant, Marchetti a conservé le goût des procédures de survie, mais bref, méfie-toi, ne cherche pas à tester les accords que tu as passés avec lui, c'est un avertiss…

— Excusez-moi, c'était un appel urgent, vous parliez de quoi ? interrompt Marchetti qui vient de les rattraper sur le trottoir.

— Oh je briefais Tom sur son nouveau métier, je lui disais la chance qu'il a de t'avoir avec lui !

OCTOBRE

Chapitre 4

Alors qu'un improbable soleil d'octobre a décidé de chauffer à blanc les immeubles du Carrefour de l'Odéon, Tom est assis avec Madeleine dans un bistrot au coin de la rue de l'Odéon : sur leur guéridon le demi de bière fraîche de Tom et la tasse à café déjà vide ourlée de l'empreinte mauve des lèvres de Madeleine.

Ils ont passé la matinée à faire la liste du mobilier de cette future agence, dont ils ont passé la commande à une grande surface de meubles. La livraison est programmée pour dans quelques jours.

Comme Madeleine ne travaille pas en ce moment, Tom a pensé qu'elle pourrait l'aider à gérer son agence de détective. Il lui a proposé un emploi totalement flexible pour commencer. Ils ont décidé qu'ils se répartiraient les après-midi. Si un client se présentait lorsque Madeleine était de permanence, elle lui dirait de se présenter à nouveau le lendemain après-midi. Les matins, l'agence serait fermée, avec un panneau « enquête en cours », cela pouvait toujours impressionner...

Madeleine est une vague cousine de Tom, mariée à un agent d'assurances triste comme un jour sans pain. Elle, par contre, est gaie, virevoltante, assez portée sur les rencontres avec la gent masculine.

Tom en avait d'ailleurs fait une fois l'expérience. Elle et son mari l'avaient invité à déjeuner, deux années auparavant, dans un restaurant, c'était en fait alors la première fois qu'ils se revoyaient depuis le décès des parents de Tom, ils étaient donc quasiment des étrangers eux et lui, mais au cours du repas, vers le fromage moelleux à souhait et après quelques verres d'un beaujolais aguicheur, elle lui avait fait du pied sous la table, à la surprise de Tom. Si bien qu'à la sortie du restaurant, quand son mari avait foncé à son bureau, Madeleine avait retenu Tom par la manche :
— Tu as quoi de prévu cet après-midi ?
— Euh rien, avait fait Tom, en ce moment je travaille la nuit.
— Alors viens boire un verre chez moi, elle l'avait pris par le bras et emmené gaiement.

Elle l'avait embrassé gentiment dans la cage d'escalier. Dès l'arrivée dans son appartement elle s'était mise à se déshabiller, un peu comme on se change pour faire du sport, déjà nue elle l'avait entraîné naturellement dans la chambre à coucher, sautant sur le lit et lui demandant ce qu'il attendait. Cela avait été sans chichis, pas de grandes déclamations, juste du sexe quoi, ce que Madeleine appelait « du sport en chambre ».

C'était Madeleine !

Depuis qu'ils se sont revus, et mis d'accord pour travailler ensemble, Tom a fait plus ample connaissance avec sa cousine éloignée, qu'il trouve très drôle. Il aime à la surnommer maintenant Twiggy, à se demander bien pourquoi…

Chapitre 5

L'été semble vouloir faire des heures supplémentaires. Les terrasses du quartier Saint Germain des Prés sont prises d'assaut, chacun cherche à entretenir son bronzage estival.

Rue de l'Odéon, les livreurs viennent de quitter l'appartement-bureau de Tom, après avoir monté les meubles, Ikéa pour l'essentiel.

Tom trouve que ce local a de l'allure : la porte, en verre translucide pour la partie haute, annonce bien le sujet, il y est écrit en gros caractères « Tom RANDAL » et plus bas « détective privé », comme dans les films avec Philip Marlowe.

La première pièce sera le bureau de la secrétaire, communiquant avec la deuxième pièce, le bureau de Tom, où il a fait ajouter un canapé et une table basse.

Les pas résonnent sur le parquet, Tom demande à Twiggy de trouver quelques petits tapis secs, genre berbère, ainsi que des rideaux, le tout pour ajouter un peu de chaleur et de confort à ces deux pièces. Il lui faut aussi équiper sommairement la kitchenette et la salle d'eau, au cas où…

Les meubles de rangement et les étagères restent béants d'étonnement et de vacuité pour l'instant, en attendant les premiers dossiers.

L'activité commence très vite, car lors du déménagement un commerçant a vu Tom visser sa plaque sur la façade de l'immeuble, il a noté ses coordonnées, puis pris rendez-vous par téléphone.

Deux jours plus tard, vers 10 heures, ce monsieur frappe à la porte translucide de l'agence. Tom et Madeleine étaient à l'affût. Madeleine se lève et va lui ouvrir la porte :

— Je suis monsieur Gonfermon, j'ai rendez-vous avec…

— Entrez, monsieur Randal vous attend, veuillez me suivre.

Madeleine a mis sa tenue affriolante, chemisette largement ouverte sur une poitrine libre de toute contrainte et jupe moulante. Mais cela ne déconcentre pas ce monsieur absorbé par le cas qui l'amène à consulter. Gonfermon est petit et râblé, le crâne dégarni qui luit de transpiration et le ventre proéminent qui menace de faire craquer le bouton fermant une veste de tweed trop petite.

Tom vient accueillir le client à l'entrée de sa pièce :

— Je suis Tom Randal, bonjour, nous nous sommes parlés au téléphone.

— Oui, bonjour, Edmond Gonfermon, merci de me recevoir.

— Asseyez-vous, je vous prie, Tom s'installe à son bureau, que puis-je pour vous ?

— Euh, pourriez-vous peut-être fermer la porte de votre bureau, c'est un peu confidentiel.

— Aucune inquiétude, ma secrétaire est soumise au secret professionnel, Tom croit entendre Madeleine pouffer de rire mais poursuit : de toute façon elle doit suivre les dossiers dont elle prend forcément connaissance, n'ayez crainte.

— Bon, eh bien… alors voilà, je suis commerçant boulevard Saint Germain, près de la rue Saint Jacques, vous voyez ? un gros magasin d'habillement, ah j'ai bien réussi dans la vie, j'ai fait ma fortune rapidement, n'est-ce pas.

— Toutes mes félicitations Monsieur Gonfalon.

— Gonfermon, Monsieur Randal, Gonfermon.

— Je vous prie de m'excuser.

— Donc je viens d'avoir 61 ans ; il y a deux ans je me suis séparé de mon épouse qui avait 63 ans, tout s'est très bien passé, vous comprenez ?

— Oui bien sûr Monsieur Gonfemon !

— Gonfermon, Monsieur Randal, enfin passons, il se trouve que je me suis remis en ménage, c'est bien humain, n'est-ce pas, la nature a horreur du vide, comme on dit, n'est-ce pas ?

— Tout à fait, Monsieur… venons-en au fait.

— Oui bien sûr, ma nouvelle épouse, qui a 32 ans est parfaite, gentille, très belle aussi, mais je me demande, comment dire, si tout le temps libre dont elle dispose, car vous voyez je suis très occupé à gérer mon magasin, je compte même en ouvrir un second, donc je voudrais avoir des précisions sur son emploi du temps, ses fréquentations en mon absence, achève Gonfermon à bout de souffle.

—Cela me paraît clair, monsieur, poursuit Tom, je peux organiser une telle surveillance, voici la feuille avec mes tarifs pour une surveillance journalière, je vous donne le tarif pour Paris, pas de frais de déplacements sauf taxis éventuellement, mais si la personne devait sortir de la région parisienne, vous avez ici mes tarifs. Si vous choisissez un forfait semaine, il y a aura dégressivité du tarif journalier bien sûr.

Tom regarde Gonfermon compulser les tarifs, s'essuyer le front avec un mouchoir, respirer un peu fort, pour enfin lâcher un gros soupir :
—C'est d'accord pour une semaine de surveillance.
—Bon, alors donnez-moi les coordonnées de la personne, une photo d'elle et les horaires prévisibles de sortie de cette personne.
—J'avais prévu votre question, voici sa photo, elle s'appelle Geneviève mais je l'appelle Ginou, n'est-ce pas, et voici notre adresse. Alors pour ses horaires je dois dire qu'elle traîne le matin chez nous, déjeune souvent avec moi, mais après elle sort tous les après-midi, je trouve que c'est beaucoup.
—Comptez sur moi, je vous donne rendez-vous, on est jeudi, alors disons en fin de semaine prochaine pour mon rapport.

Une fois son premier client sorti, Tom se tourne avec un grand sourire vers Madeleine, alias Twiggy, « les affaires commencent ! »

Ce genre de filature parait à Tom encore plus dépourvu d'intérêt que le travail précédent à la banque.

En quatre jours, plus précisément en quatre après-midi, Ginou a été quatre fois dans des petits hôtels du Quartier Latin qui pratiquent le « *day use* » en toute discrétion.

Tom prend chaque fois un café en face de l'hôtel où il a vu Ginou s'engouffrer avec un de ces messieurs. Après enquête un peu plus poussée, il y a eu deux fois un jeune homme, environ 25 ans, très grand, musclé, tête rasée, qui s'est avéré travailler comme magasinier dans le commerce de Gonfermon, qui, lui, ne devait pas aller souvent vérifier son dépôt l'après-midi. Puis une fois un type un peu vulgaire, la quarantaine tassée, fagoté comme un as de pique, qui trimballait une mallette de travail. Tom l'a d'abord pris pour un représentant de commerce, mais c'en est bien un, précisément celui qui démarche… Gonfermon.

Ginou ne va pas loin pour recruter, une sorte de paresse morale que Tom n'approuve pas.

Évidemment le troisième n'est autre que le patron du restaurant où Gonfermon et Ginou prennent leurs déjeuners. Ledit restaurateur n'est libre que vers 16 heures. Ce jour-là Ginou, très en avance, prend un café sur une terrasse en attendant son maître queux, si l'on peut dire…
Tom en profite pour s'asseoir à la table à côté de Ginou sur cette terrasse. Il lui sourit, engage la conversation qu'elle accepte avec plaisir, la flatte, la drague. Quelques minutes plus tard ils sont déjà en route vers l'hôtel d'en face. Tom ne s'attarde

pas en préliminaires, la chose étant faite avec vigueur et rapidité, les voilà tous deux à fumer une cigarette au bord du lit :
— Tu fais quoi dans la vie, se documente Ginou, sans doute pour compléter son tableau de chasse.
— Oh, travail de bureau surtout, parfois en mission.
— Ah mais quel genre ?
— Je suis détective privé, claque Tom.
— Ah ! passionnant, quel genre d'enquête, policière ?
— Si on veut, en ce moment un type, il s'appelle Gonfermon, il veut que je surveille sa femme.

Ginou blanchit, s'étrangle à moitié, elle se lève, nue face à Tom assis négligemment sur le lit, à admirer la plastique de Ginou avec un sourire satisfait :
— Tu es belle comme cela, dis-moi.
— Attends, Tom, bégaie-t-elle, tu sais qui je suis ?
— Une belle femme, je trouve.
— Arrête de me torturer, Tom, est-ce que tu sais ?
— Oui, Ginou Gonfermon, je sais, reste à savoir comment je vais terminer mon enquête.

Un long silence s'installe entre eux deux, Ginou transpire à l'idée de tout ce qu'elle risque de perdre. Elle reste sans voix.
Tom, que cette situation n'intéresse pas plus que cela, décide de prendre les choses en main :
— On va faire simple, on est mardi, alors jusqu'à samedi et même la semaine prochaine, tu te calmes, plus de sortie l'après-midi, plus de magasinier, de représentant, de restaurateur ou de détective. Moi, je vois ton mari samedi, s'il me dit qu'il y a du mieux et qu'il me paie, l'affaire est close pour moi, toi tu m'as déjà largement rétribué !

Le samedi suivant, un Gonfermon épanoui fait part à Tom d'une amélioration sensible de la situation. Tom prend un air modeste :

— Je n'ai rien constaté de suspect, mais je crains qu'elle m'ait repéré dans mes filatures, peut-être qu'elle se tient à carreau.

— Ah tant mieux, mais que fait-elle l'après-midi ?

— Elle flâne, boit des cafés, fait du shopping, je crois qu'elle s'ennuie, invente Tom, qui ne cherche pas à nuire à cette Ginou, du moment que son mari semble satisfait de son changement d'attitude, il conclut benoîtement : vous devriez vous en occuper un peu plus, cher Monsieur Gonfermon.

Chapitre 6

Madeleine-Twiggy et Tom sont dans le bureau à discuter. Lui rumine, car un client comme Gonfermon, c'est bien, mais cela ne fera pas bouillir la marmite, pense-t-il.

Au contraire Twiggy prend la vie comme elle vient. Pendant ces heures creuses, elle bombarde Tom de questions, notamment sur l'épisode de la ScandoBank, mais Tom botte en touche régulièrement.

Elle sent bien que ce sujet est sensible, alors un après-midi elle lui demande plutôt comment ses parents sont morts. Miracle, il veut bien le lui expliquer.

Sur un ton monocorde, qui cache son émotion, il parle pour la première fois de cette période douloureuse :

—D'abord sache que je tiens tous les détails de mon grand-père, appelé sur les lieux de l'accident.

—Il te les a donnés tout de suite ?

— Non, bien sûr, j'avais huit ans, il m'a raconté sa version bien plus tard, sans doute avec des précisions venant du rapport de police ou de discussions sur place.

— Je t'écoute.

— Mes parents étaient partis avec le sourire, m'avait raconté mon grand-père, dans leur petite Fiat 500 sur une route de campagne de la vallée de Chevreuse. Derrière eux un énorme camion-remorque les talonnait, cherchant à doubler. En face un semi- remorque, 35 tonnes, arrivait à vive allure. Le chauffeur d'une main tenait contre le volant une tablette numérique où il devait visionner un film porno particulièrement haletant et de l'autre il se paluchait. Le temps qu'il s'aperçoive qu'il avait dérivé sur la gauche, il était trop tard. Le choc frontal des deux poids lourds avait réduit la Fiat 500, qui se trouvait entre eux, à l'état de compression de César. Les deux camions s'étaient pratiquement encastrés l'un dans l'autre, ils avaient réduit la Fiat 500 à une galette. Un des deux chauffeurs de poids lourds était mort dans l'accident après un vol plané à travers son pare-brise. Désincarcérer les corps dans la Fiat fut juste impossible. L'urgence était de déblayer la chaussée pour rétablir la circulation. Les autorités envoyèrent la Fiat directement vers un casse auto.

— Mais c'est affreux !

— Je n'ai, de fait, pas d'endroit pour me recueillir sur la sépulture de mes parents, c'est dur.

Twiggy ne dit plus rien, Tom est dans ses pensées, puis il ajoute fataliste :

— C'est curieux, j'arrive encore moins à visiter une exposition consacrée à César, comme celle de Beaubourg où j'avais fait une tentative qui s'était soldée par un vomissement sur le pantalon d'un des gardiens de la salle.

Tom précise ensuite, pour clôturer cette période de son enfance qu'il avait été recueilli par ses grands-parents maternels, Henri et Suzanne. Ils habitaient dans la banlieue ouest de Paris, à Croissy, un petit pavillon datant des années trente, gris et mal entretenu. Henri, instituteur à la retraite, mettait un point d'honneur à lui apprendre, sous forme de jeux, toutes sortes de faits culturels. Suzanne, taciturne et effacée, passait comme une ombre dans la petite maison.

Pendant toute sa scolarité au lycée de Versailles, il ajoute qu'il ne s'était fait vraiment que trois amis.
D'abord Ernest, placide et calme en surface, qui aimait fumer la pipe dès le lycée, il a fait ensuite des études d'ingénieur agronome. Il se passionne pour les armes à feu et s'est inscrit dans un club de tir.
Ensuite Stéphane, obsédé d'électronique, il montait et démontait, dans le garage de ses parents à Versailles des circuits imprimés compliqués et créait d'étranges prototypes. Il est toujours le même.
Enfin Jean-Louis, artiste dans l'âme et féru d'antiquités, il chinait dans les marchés et les vide-greniers, à la recherche de l'objet rare. Il vit dans son monde…

Tom et ses trois amis s'efforcent, conclut-il, de trouver le temps de se réunir, au moins une fois par an, pour dîner ensemble en fin d'année, vers novembre ou décembre.

NOVEMBRE

Chapitre 7

Il va être midi en ce 8 novembre qui n'a l'air de rien...

Dans l'entrée, derrière son bureau, Twiggy se fait les ongles et rêvasse. Tom la trouve bien jolie, à l'approche de la trentaine, petite et mince mais bien proportionnée, une frimousse souriante surmontée d'une tignasse blonde (« Twiggy, tu pourrais te coiffer un peu mieux »). Elle n'a pas sa langue dans sa poche, elle pétille de vivacité, cela plaît à Tom.
Elle est habillée comme d'habitude de façon un peu provocante, jupe rouge courte, pull blanc moulant ses petits seins spirituels, talons stratosphériques.

Dans la pièce du fond, le bureau de Tom. Le dessus de sa table de travail est juste vide, les classeurs bâillent d'ennui, Tom aussi, qui lit le journal du jour. Il a prévu d'aller avec Twiggy dans une demi- heure déjeuner, un petit plat dans un bistrot du carrefour de l'Odéon.

Soudain un bruit de pas dans l'escalier, au sortir de l'ascenseur. Un visiteur, qui s'arrête devant la porte de l'agence ? Twiggy et Tom se regardent d'une pièce à l'autre, Tom abaisse son journal, ôte les pieds de son bureau, il ajuste sa tenue.
On toque à la porte vitrée, Twiggy s'écrie : « entrez ».

Une femme entre, taille moyenne, début cinquantaine, peut-être légèrement forte, cheveux roux mi-longs, tailleur Chanel sur un chemisier à jabot, chaussures sûrement Ferragamo, on verra plus tard, elle s'avance au milieu de la pièce, laissant le soin à Twiggy de refermer la porte d'entrée derrière elle, « monsieur Randal, je vous prie » demande-t-elle, coulant un regard vers la deuxième pièce où Tom s'est déjà à moitié levé de son fauteuil, subjugué par la prestance de cette apparition, en forme de cliente.

Twiggy qui n'aime pas se faire marcher sur les pieds intervient :
— Qui dois-je annoncer ?
— Je suis Lynn Dervaux.
— Il vous connaît ?
—Je vois d'ici monsieur Randal dans la pièce à côté qui s'apprête à venir m'accueillir comme il se doit, est-il vraiment besoin, Mademoiselle, que nous poursuivions cette conversation ? conclut Lynn, impériale.

Touchée, coulée, Twiggy en reste pantoise, tandis que Tom se précipite dans l'entrée, on ne peut pas se permettre de perdre des clients.

Il arrive près de Lynn, se présente avec un sourire avenant, puis propose à madame Dervaux de passer dans son bureau.

Voyant qu'elle ne le suit pas, il se retourne vers elle avec un regard interrogateur. Lynn prend la conduite des opérations :

— J'ai eu vos coordonnées par un ami, Charles Marchetti, qui m'a dit du bien de vous. Je suis de passage dans le quartier, je n'ai guère de temps maintenant, mais j'ai peut-être une affaire importante à vous confier, pouvez-vous passer sans tarder me voir, voici ma carte, je suis dans le XVIe, disons cet après-midi 15 heures ?

Sans laisser le temps à Tom de reprendre ses esprits, elle lui tend la main puis fait demi-tour vers la porte d'entrée sans un regard pour Twiggy. Tom se précipite pour lui ouvrir, elle sort, tel un paquebot transatlantique qui quitterait Le Havre, les sirènes en moins.

Tom et Twiggy se regardent en souriant, « les affaires reprennent ? » glisse Twiggy.

Consultant sa montre, Tom propose à Twiggy d'aller manger un sandwich rapidement.

À la Taverne, à deux pas du bureau, Tom commande avec gourmandise un croque-monsieur mais avec du pain Poilane, du jambon de Parme et du comté suisse, ainsi qu'une bière pression munichoise.

Après le déjeuner, avalé sans respirer, Tom laisse Twiggy seule devant son café et court retrouver son bureau, il a une heure ou deux pour se documenter, sur son ordinateur, concernant sa visiteuse dont le nom n'a évoqué aucun souvenir dans sa mémoire.

Il a la surprise de constater qu'en tapant sur Google le nom de sa possible cliente il accède à une débauche d'articles, dont il doit d'abord faire le tri.

D'abord la situation professionnelle : Nirwan, la holding des sociétés de la famille Dervaux, est importante, gros groupe de loisirs, possédant une compagnie aérienne, deux chaînes d'hôtel, des sites internet de voyage. Les associés et dirigeants en sont Lynn, son mari Quentin (qui vient de décéder accidentellement il y a à peine deux semaines) et Ingmar Lundqvist, un Suédois ami de longue date de Quentin Dervaux.

Un autre site internet précise que Quentin et Ingmar s'étaient rencontrés en Suisse où ils avaient monté ensemble une première entreprise dans le tourisme, un échec flagrant. Ils s'étaient retrouvés en France, ils avaient longuement mûri un nouveau projet, toujours dans le tourisme, mais cette fois le business plan avait tenu la route.

Lors du lancement, il y a dix ans, de leur groupe baptisé Nirwan, Lynn, de formation comptable, devint la patronne pour la gestion financière tandis que Quentin s'occupa plutôt de la partie gestion commerciale en relation avec les compagnies aériennes et les hôtels. Ingmar, c'était le côté glamour, l'évènementiel, grâce notamment à son carnet d'adresses, ses contacts dans les milieux les plus variés.

Sur les photos figurant sur les sites, Ingmar apparaissait grand et massif, blond suédois évidemment, un sourire carnassier, une quarantaine portée avec prestance. Au contraire

Quentin semblait assez petit à côté de lui, sec mais musclé, visage émacié, souriant peu sur les photos. Lynn se montrait comme une belle femme, moins enveloppée que lorsqu'il l'a vue ce matin, les photos dataient… Les trois associés s'étaient réparti le capital, les Dervaux à 60 % (Lynn à 20 % et Quentin à 40 %) avaient la majorité et Ingmar avait les 40 % restants.

Le site internet n'est visiblement pas actualisé du fait du récent décès de Quentin Dervaux.

Tom trouve un autre site qui parle du décès de Quentin Dervaux : c'était un accident de montagne en Nouvelle-Zélande, sans doute lors d'un voyage d'agrément.

Muni de ces quelques informations, Tom se met en route pour un safari vers le XVIe arrondissement.

L'adresse lui réserve une surprise : quartier très tranquille de petites rues bordées de magnifiques villas cossues.
Entouré d'un petit jardin, l'hôtel particulier de Lynn Dervaux à deux étages est surmonté d'un toit plat sur lequel semble trôner un petit abri.
Après avoir sonné, Tom est introduit dans un grand hall par un valet fort stylé, la trentaine, cheveux courts, tenue foncée sobre, « madame Dervaux arrive, veuillez patienter » dit-il sans même avoir demandé à Tom qui il était.
Soudain Tom se rend compte qu'il se trouve sur un sol en verre, il a un réflexe de peur, craignant de tomber, mais cette dalle de verre est renforcée par des poutrelles d'acier, on peut voir à travers ce plancher transparent le garage et deux ou trois voitures de sport de couleur rouge ou jaune, genre Ferrari ou

Maserati, Tom n'y connaissant rien dans ce domaine, n'ayant pas lui-même de voiture.

Au fond du hall d'entrée, on reste dans le même style si simple car on aperçoit une salle à manger avec une longue table en chêne cérusé cernée d'à peine une quinzaine de chaises en cuir fauve, sur le côté de cette salle à manger une grande pièce entièrement vitrée faisant office de cave à vin réfrigérée avec des étagères dûment étiquetées entièrement remplies de centaines de bouteilles.

Le valet à peine éclipsé, Lynn apparaît, lui sourit et lui serre la main :
— Oui, j'ai vu votre regard, c'est mon mari qui a fait ces travaux, garage et cave à vin, je sais, cela peut surprendre...

Puis elle l'invite à la suivre dans un ascenseur entièrement vitré. Le temps de monter jusqu'au deuxième, elle le dévisage sans un mot, mais avec un petit sourire. Rousse flamboyante, maquillée, court vêtue, les seins en valeur dans un chemisier cintré, cherchant à en imposer physiquement à Tom, Lynn le conduit, une fois arrivée sur le toit plat de l'immeuble, vers des sièges au bord d'une mini-piscine, où ils s'installent.

À l'approche de la cinquantaine, Lynn bataille ferme pour rester désirable, elle doit sans doute, imagine Tom, combattre son léger embonpoint en réduisant le whisky que lui apporte son valet chaque fois qu'elle peaufine son bronzage impeccable, nue sur son matelas pneumatique dans la piscine de son hôtel particulier.

Arrachant Tom à ses pensées, le fameux valet arrive avec un dossier qu'il remet à Lynn, et des boissons qu'il pose sur la table basse devant eux, avant de s'éclipser en silence.

Pas un mot n'a été prononcé depuis l'ascenseur, curieuse ambiance, Lynn inspire profondément, hoche la tête, « bien, Monsieur Randal, allons-y », « Tom, tout simplement, si vous le voulez bien, ce sera plus simple » répond Tom.
Elle passe alors au registre de la femme d'affaires qu'elle est et se met à lui présenter la situation.

Elle commence par présenter le groupe Nirwan, ses associés Quentin, Ingmar et elle, toutes choses que Tom avait déjà vues sur internet.
Tom écoute sans un mot, il a sorti un carnet dans lequel il s'apprête à prendre des notes, « cela ne vous dérange pas ? », « pas du tout » lui rétorque Lynn.
Puis elle passe à des remarques plus personnelles. Son ton change, on sent l'émotion qui la gagne.
D'un mot elle mentionne d'abord la mort de Quentin il y a environ trois semaines.

Puis elle poursuit : Quentin et Lynn s'étaient connus à San Francisco, quand ils étaient jeunes étudiants, leurs parents respectifs étant en poste dans cette ville.
Ils s'étaient mariés assez jeunes et avaient eu une seule fille, Marijo.
Ils s'étaient ensuite rapidement établis en France, où ils avaient commencé à travailler.
Marijo, après ses études de lycée en France, avait bourlingué, d'abord des études vétérinaires à Dublin, puis diplôme

d'œnologie à Melbourne, avant de s'installer finalement à Blenheim, dans le nord de l'Île du Sud de Nouvelle-Zélande il y a deux ans.

Lynn précise que Marijo, qui a maintenant 26 ans, travaille comme maître de chai dans un vignoble célèbre près de Blenheim, une grosse responsabilité pour une jeune femme si jeune.

Lynn et Quentin Dervaux étaient séparés depuis quelques mois, pour des raisons qu'elle n'explique pas à Tom, elle avait alors quitté Paris pour New York, où elle vit depuis, mais elle garde ses parts dans le groupe.

Lynn décrit Quentin comme très sportif, grand amateur de voile, prêt à sillonner le globe à la recherche d'une régate inédite. Mais aussi très impliqué dans ses affaires, trop sérieux, dit-elle, ce qui sous-entend qu'elle était plutôt délaissée.

Drôle d'idée de prendre un verre sur une terrasse exposée à un petit vent aigrelet, en ce début de novembre, mais Lynn ne semble pas sentir la fraîcheur, elle a l'air tellement concentrée sur son exposé, Tom en profite pour boire une gorgée dans son verre, diable c'est du whisky. Le liquide lui brûle la gorge, il n'est pas habitué aux alcools forts, il repose le verre et adresse à Lynn un petit signe qu'il est tout à son écoute.

Sur un ton ferme, voire coupant par moments, elle expose alors à Tom ses doutes sur la mort de Quentin Dervaux, elle voudrait plutôt des certitudes, si la mort n'était malgré tout pas accidentelle, alors qui est derrière ce meurtre ?

À entendre ce dernier mot, Tom marque une légère surprise, elle s'interrompt pour le dévisager, puis elle poursuit : «

heureusement, depuis le décès de Quentin, Ingmar Lundqvist, notre associé suédois de Malmöe, tient solidement les rênes du groupe ».

Venant alors au fait, Lynn souhaite que Tom aille enquêter en Nouvelle-Zélande, retrouver l'agence qui avait fourni le guide, refaire la même randonnée et conclure si cette mort pouvait bien être accidentelle, « mais vous verrez dans le dossier quelques éléments suspects » :
— Cette mission vous intéresse ?
—Euh, ce n'est pas dans le registre habituel de mes missions, bredouille Tom qui voit passer dans sa tête la silhouette du brave Gonfermon et de sa Ginou, c'est une mission qui me paraît assez compliquée ?
— Pas du tout, bien sûr c'est à l'autre bout du monde, si je puis dire, mais c'est une mission simple, vous refaites le chemin qu'a fait Quentin, vous vérifiez sur place les éléments suspects du dossier, vous me faites un rapport sur place, puis vous rentrez...
—Bon, si vous me faites confiance, j'accepte cette mission, lâche Tom, comme si on lui demandait d'aller chercher une miche de pain au coin de la rue.
—Charles Marchetti m'a dit que malgré votre jeune âge vous êtes plein de ressources, j'ai confiance en vous, mais ce doit être bien clair que vous ne travaillerez que pour moi, vous n'accepterez aucune sollicitation extérieure, c'est bien d'accord ?
—C'est d'accord, mais juste pour information, vous connaissez Charles Marchetti depuis longtemps ?
—Je l'ai croisé il y a un an dans une réunion professionnelle rassemblant une douzaine d'investisseurs du secteur du

tourisme et les associés de Nirwan, il accompagnait un directeur d'un groupe américain, un gros groupe, opérant dans notre secteur, nous avons sympathisé, il m'a fait très bonne impression.

Tom hoche la tête, façon d'approuver.
— Ah oui, ajoute-t-elle un peu mal à l'aise, alors que l'entretien touche à sa fin, depuis notre séparation, peut-être même avant, Quentin vivait avec une jeune ukrainienne ou biélorusse, je ne sais plus, Natasha, je crois, dix ou quinze ans de moins, sportive, blonde, bref vous voyez... je ne vous fais pas un dessin, évidemment je ne la côtoie pas. C'est juste pour votre information. Donc si vous avez du nouveau, nous sommes quoi ? le 8 novembre, vous me trouverez en Nouvelle-Zélande car je pars très prochainement, nous aurons une cérémonie de famille à Te Anau.
— Ah bon, mais c'est où ?
— Quentin avait toujours claironné qu'il souhaitait être incinéré, « le plus tard possible » disait-il en riant, et que ses cendres devaient être dispersées sur le lac Te Anau, c'est dans l'Île du Sud. Il aimait tellement la Nouvelle-Zélande, où il était déjà venu au moins sept fois, il avait acheté un chalet précisément au bord du lac Te Anau. Ingmar viendra aussi, ainsi que Marijo qui habite à Blenheim. Enfin, mais vous verrez cela dans le dossier que je vous laisse, Quentin voulait vendre ses parts dans le groupe, il était las de ces affaires, il avait pris contact avec le groupe Greenstone, leader mondial, ou presque, dans les loisirs, mais à qui il manque la dimension internet que notre groupe pourrait lui apporter. Entre parenthèses c'est le groupe que je viens de mentionner juste avant, vous vous souvenez.

— Cela peut-il être une piste pour enquêter ?

— Les sommes en jeu sont suffisantes pour aiguiser un appétit inconsidéré de certains, mais pas au point, j'imagine, de recourir à de telles extrémités. Dans le monde de la finance, il y a tant d'autres moyens de faire pression sur une société.

— De quels montants parle-t-on ?

— La valorisation de notre groupe peut s'élever à plusieurs centaines de millions d'euros, mais les parts majoritaires vaudront proportionnellement beaucoup plus que celles des minoritaires, si vous voyez ce que je veux dire.

— Vous pouvez me préciser ?

— Oui, je veux dire que posséder les parts majoritaires, soit plus de 50 %, donne le droit de fixer la politique annuelle du groupe, les investissements, les dividendes, les rémunérations des dirigeants, donc les 60 % de parts de la famille Dervaux peuvent être valorisés dans une transaction à environ 90 % de la valeur totale du groupe, qui pourrait se chiffrer à environ cinq cents millions, ou plus! il ne fait pas bon être minoritaire dans ce cas, voyez-vous ?

Lynn règle ensuite les détails financiers de son accord avec Tom,« je prends en charge tous les frais et vous alloue une indemnisation journalière qui est le double du tarif de l'agence », Tom ne peut qu'approuver d'un hochement de tête.

Puis elle lui tend le dossier qui avait été apporté par le valet, en lui précisant qu'il s'y trouve des tas d'informations sur Quentin, le groupe, Ingmar et Natasha l'Ukrainienne, ainsi que les billets d'avion pour le surlendemain, Paris- Auckland avec Emirates et Auckland-Taupo avec Air New Zealand, également la réservation de voiture à Taupo pour aller jusqu'à

Turangi, la réservation d'une chambre dans un lodge là-bas, et enfin les coordonnées du guide qui vous attendra pour le trek :
— Taupo, Turangi ? questionna Tom.
— L'accident a eu lieu dans le parc national du Tongariro, où culminent 3 volcans, la bourgade la plus proche comme point de départ de randonnée est Turangi, l'aéroport le plus proche de Turangi est celui de la ville de Taupo, à quelque cinquante kilomètres de Turangi.
— Le guide est au courant de ma venue ?
— Je vous rassure, aucun élément ne peut faire penser au guide que vous venez au sujet de l'affaire Dervaux.

Tom se rend compte que Lynn a anticipé son accord pour cette mission, avec ce dossier complet qui l'attend et lui enjoint de partir dans 48 heures. Cela lui rappelle l'entrevue avec Marchetti, précisément, qui l'avait envoyé du jour au lendemain à New York et à Londres, décidément ces gens-là ont une curieuse façon d'agir, la planète rétrécit avec eux. Il y a aussi dans le dossier, poursuit Lynn, une curieuse note qu'un employé de la Northwestern Bank d'Auckland avait adressé à « *Madam* Dervaux, Paris » au sujet de dépôts et retraits de fonds autour des dates de l'accident.

Sur la question de Tom concernant cette note, Lynn avoue n'en savoir pas plus « c'est sans doute une personne, cet employé, que vous pourriez interroger ».

Estimant avoir fait le tour de la question, Lynn se lève pour marquer la fin de l'entretien et invite Tom à la suivre, « je vous raccompagne », descente dans l'ascenseur de verre, Tom les sourcils en accent circonflexe, Lynn qui décide de le dérider, « ne soyez pas soucieux, tout va bien se passer, et puis vous faites là un magnifique voyage aux antipodes, vous étiez déjà dans l'hémisphère sud ? », « euh, non » ânonne Tom dont l'horizon habituel est plutôt la région parisienne, « alors si vous devez vous orienter, pensez bien qu'à midi le soleil est plein nord, cela m'est arrivé de me tromper et de refaire 200 km en sens inverse, croyant que j'avais fait fausse route, c'était en Namibie », Tom a failli ajouter « content pour vous », il se sent maintenant un peu bougon, il n'aura pas le temps de se préparer à ce voyage, il aime bien étudier tranquillement un projet quitte ensuite à se lancer à fond.

Lynn lui serre la main dans le hall de la demeure, « à bientôt là-bas ! ».

Tom acquiesce de la tête, sort et s'arrête sur le trottoir pour s'orienter « où diable est la station de métro la plus proche dans cet arrondissement ? ».

De retour au bureau où Twiggy l'attendait, impatiente de connaître la teneur de l'entretien, Tom lui résume la situation :

— Je ne pars que pour quelques jours, c'est toi qui tiendras la boutique.

— Mais on peut s'appeler régulièrement, non ?

— Bien sûr, mais tiens compte du décalage horaire de 12 heures !

— Alors s'il est 8 heures du soir ?

— Et bien il sera 8 heures du matin chez moi là-bas.

— Mais avant ou après ?

— Mais enfin Twiggy, tu stresses ou quoi ? tu ne sais plus dans quel sens tourne la Terre? dans ton exemple il sera 8 heures du matin du jour suivant.

— Suivant ? mais on ne vit plus le même jour ensemble? tu auras vécu un jour de plus, alors ?

— Bon, Twiggy, on se calme, on s'appellera aussi souvent que nécessaire, retiens juste de ne pas m'appeler quand il est midi chez toi, n'est-ce pas ?

— Parce que tu seras en train de déjeuner ? elle ne peut s'empêcher de sourire.

— Ah je vois que tu me fais marcher, c'est bien, conclut-il, beau joueur.

Tom ramasse ses dossiers, vérifie qu'il a ses documents de voyage, son passeport et sa carte de crédit. Envahi par une sorte de crainte, il termine d'un « je pars après-demain » emphatique, comme s'il allait devoir traverser le Styx dans la barque de Charon.

Chapitre 8

Tom quitte Paris, dès le 10 novembre, tard dans la nuit, pour ce long voyage jusqu'à Auckland, muni d'une petite valise en toile noire contenant un nécessaire de toilette ainsi que des tenues de rechange et d'un sac cabine avec ses documents de voyage et de travail.

Le vol Emirates à bord d'un A380 doit faire d'abord escale à Dubaï. Heureusement, Lynn lui a réservé un siège confortable en classe affaires.

Après l'escale, dans le deuxième vol Dubaï-Auckland, environ bien seize heures quand même, Tom n'arrive pas à dormir correctement, il passe une bonne partie du vol au bar, à discuter avec d'autres passagers et aussi avec une hôtesse française, qui avait rejoint depuis peu la compagnie Emirates. Ils sympathisent, elle lui donne même ses coordonnées, au cas où, dit-elle avec un sourire. L'hôtesse ajoute que tous les équipages sont logés à Dubaï, qui est le hub central. Tom est étonné d'apprendre que l'équipage de l'avion est constitué de près d'une quinzaine de nationalités différentes.

Pendant la deuxième partie du périple, qui tire en longueur, Tom reprend son dossier de travail fourni par Lynn Dervaux, mais qui le plonge vite dans un sommeil bienvenu.

Puis, après un laborieux passage en douane d'Auckland, la Nouvelle-Zélande étant très stricte sur tout ce qui est importation de graines, ou tous produits alimentaires, Tom récupère sa valise, court vers le terminal domestique qui est à environ 500 mètres de l'international, car il n'a plus que 10 minutes avant le départ du vol. Sans formalités tatillonnes, il est admis rapidement à bord du vol Auckland-Taupo, un vol court dans un minuscule Beechcraft d'une dizaine de places, où il faut baisser la tête dans l'allée centrale pour ne pas se cogner au plafond. Placé à côté d'un hublot qui donne sur l'aile et son moteur à hélice il n'a aucune vue du paysage, alors il échange quelques mots avec son voisin, un restaurateur de Taupo tout heureux de donner des conseils sur sa ville et ses environs.

À l'arrivée à Taupo, au bord du lac du même nom, il prend possession de sa location, une Toyota Corolla vert pomme avec boîte automatique. Déjà le 12 novembre, grâce aux douze heures de décalage.

L'aéroport est plutôt au sud-est de Taupo, donc il n'a même pas à traverser la ville pour prendre la route de Turangi vers le sud, route droite au début jusqu'à approcher le lac, puis avec de multiples lacets ensuite le long de la rive qui serpente contre une colline rocheuse. Il finit par rejoindre en une heure Turangi dans la soirée, passablement fatigué.

Turangi est une petite bourgade, calme, presque endormie, avec des rues larges, beaucoup de maisons d'un seul étage. Tom trouve le lodge sans peine, dans la Tui Road, large et avenante. Il se gare entre des formiums et des fougères, face à la porte d'entrée en bois massif. Il est accueilli par une vieille Anglaise un peu stricte, Anthéa, fagotée comme un épouvantail dans un champ de maïs, qui gère l'établissement.

Le Tonga Lodge compte une demi-douzaine de bungalows, entourant un jardin à la végétation luxuriante. Anthéa conduit Tom à son bungalow dont la terrasse donne sur ce jardin d'allure tropicale. Elle lui propose de dîner sur place. Vu la fatigue du voyage, Tom accepte avec joie, mais grosse erreur car il est confronté à un repas typique de nos amis anglais (comme dit Twiggy, avec de tels amis, on n'a plus besoin d'ennemis), de la viande bouillie noyée dans une sauce blanchâtre, accompagnée de légumes souffreteux, enfin, « *last but not least* » le pudding final atteint de Parkinson.

Tom fait ensuite quelques pas dans le jardin pour tenter en vain de digérer le repas, c'est là qu'il reçoit l'appel de Lynn s'inquiétant de savoir s'il était bien arrivé à Turangi :

— Oui, le voyage s'est bien passé, je suis prêt pour demain matin.

— Alors bonne chance, tenez-moi au courant. Je vous rappelle que j'arrive à Auckland dans deux jours, je récupère ma fille, Marijo. Avant que nous allions à Te Anau, je vous contacterai pour que vous me fassiez votre rapport, en attendant bonne soirée.

Chapitre 9

Le 13 novembre au matin, Tom ne se réveille que grâce à l'alarme de son smartphone, car la fatigue du vol et le décalage horaire l'ont un peu déboussolé.

Anthéa voulait sans doute se rattraper du dîner de la veille, car elle lui fait un excellent petit déjeuner, muesli, fruits frais, pain aux céréales et confiture maison. Rien de tel pour être de bonne humeur le matin !

Comme il n'est que 7 heures du matin, Tom sort sur le perron du Lodge ; la Tui road est déserte, pas de trafic. Un franc soleil l'accueille, une petite fraîcheur quand même due à l'heure matinale sans doute, pas de nuages, donc une belle journée pour le trek, « quand je pense que j'étais encore avant-hier au carrefour de l'Odéon et que je me lance aujourd'hui à l'assaut du Tongariro » se dit Tom en souriant à cette belle journée.

Au loin Tom peut même apercevoir le lac Taupo scintiller dans la brume. C'est un grand lac, environ 50 km de long en nord-sud et 30 km de large en est-ouest, d'après une brochure lue dans le Beechcraft Auckland-Taupo.

Les bourgades de Taupo au nord du lac, où se trouve l'aéroport, et de Turangi au sud, vivent dans une quiétude parfaite, enfin presque parfaite... dans cette région volcanique encore active. Car Turangi s'étend en plus au pied du parc national du Tongariro qui compte ces 3 énormes volcans, dont l'un est toujours un peu en activité.

Tom a rendez-vous avec le guide à 7 heures 30, il va donc s'équiper pour la randonnée : vêtements amples, chaussures de marche à tige haute, polaire et bonnet, puis il revient attendre tranquillement sur le perron du Lodge.

Une Subaru couleur kaki entre au ralenti sur le parking du Tonga Lodge, faisant crisser le gravier. Elle se gare contre une haie de formiums. Il en sort un grand gaillard, athlétique, musclé, taillé pour la vie à la montagne, en tenue verte et beige de trekking, short et chaussures de montagne, qui vient avec le sourire vers Tom et se présente : « Terry ! », il ajoute juste le seul mot de français qu'il connaisse : « bonjour ! ». Tom se réjouit alors d'utiliser ses années de cours d'anglais au lycée.

Les deux hommes se serrent la main, Tom scrute le visage buriné et avenant de Terry, environ quarante ans, qui affiche une allure de sportif, à marcher presque chaque jour ses dix ou vingt kilomètres :

— Alors vous êtes en forme, Tom ? lance Terry.

— Oui, je viens d'arriver hier, mais j'ai bien dormi. Nous avons une bonne météo pour aujourd'hui ?

— Nous avons de la chance, il y a 2 jours, de fortes pluies ont obligé l'administration du Tongariro Park à fermer la piste, heureusement la météo de ce jour est bonne, enfin presque, des pluies sont de nouveau attendues, mais seulement en soirée, donc c'est OK, on va partir tout de suite, car la randonnée fait 20 km, avec un dénivelé d'environ 1 000 mètres.

Terry procède aux vérifications d'usage concernant le matériel à emmener, les bâtons de marche, le ravitaillement, eau, sandwiches, fruits, sacs à dos, polaires car il peut faire froid soudainement, ajoute Terry.

Sur le pas de la porte du Lodge, Anthea, la logeuse, est sortie, elle fait un signe de connivence à Terry qu'elle voit plusieurs fois par semaine emmener ses clients depuis le Lodge, puis un mot sur le temps, météo bonne pour l'instant, enfin « *have fun* ».

Les deux hommes s'installent dans la Subaru, où Tom découvre, assis sur le siège arrière, un énorme Maori, en pantalon cargo et T-shirt noir avec un dessin de tête Maori : Terry fait les présentations :

— C'est Ewan, il nous accompagne au point de départ de notre randonnée, puis il ira déposer la voiture ensuite au point d'arrivée qui est à 20 km du départ, la randonnée passe à côté de deux volcans et sur le troisième, le Tongariro. Il nous faudra compter environ sept heures, tranquillement, mais je vois que vous êtes affûté physiquement, Tom, c'est bien !

Ils se mettent en route vers le parc national, pas de trafic, mais toujours cette fâcheuse habitude de devoir rouler à gauche. En venant, Tom s'était plusieurs fois trouvé désorienté dans un de ces carrefours, ces « *roundabouts* », à ne plus savoir quel côté de la route suivre.

Ils empruntent la Highway 1, large, en pente montante douce vers la zone des trois volcans, le Tongariro, le Ruapehu et le Ngauruhoe.

À un moment, quand on voit encore sur le côté le lac Taupo au loin :
— Vous connaissez l'origine de ce lac? demande Terry
— Non, pas du tout.
—En fait ce lac se situe dans une dépression qui s'est formée après une éruption ayant vidé la chambre magmatique sous-jacente, donc dans le cratère même. L'éruption, sans doute la plus grande qui ait eu lieu, se serait produite il y a environ 26 000 ans et aurait projeté plusieurs centaines de km3 de magma, cela dut être gigantesque !
— Mais alors il y eut des dégâts considérables !
—Sans doute, mais à l'époque l'île était inhabitée, les Maoris ne sont arrivés qu'il y a environ 1 000 ans.

En quittant la route asphaltée pour une piste gravillonnée après une petite heure de route, ils voient au loin les trois volcans, dont le Ruapehu à la cime enneigée, puis quelques minutes plus tard ils atteignent finalement le point de départ de la piste de trek vers le Mont Tongariro. Il est presque déjà 9 heures du matin :
—Nous voici au début de la randonnée, la voiture nous attendra donc à la fin, explique Terry.

On remplit les sacs de provisions et d'eau, puis on charge les sacs à dos, on ajuste les bâtons. Après vérifications, Terry fait signe à Ewan qu'il peut partir avec la Subaru. Ewan, en montant à l'avant de la voiture, dit quelques mots à Terry dans une langue qui doit être du maori, que Terry a compris parfaitement, puisqu'il a répondu une phrase dans le même langage.

Tom admire le paysage, majestueux et silencieux, peu de végétation, pas de signe de faune aux alentours, ciel bleu, un calme qui détend Tom décidé à profiter de cette belle journée.

Terry et Tom se mettent en route sur la piste caillouteuse, à ce moment-là il y a très peu de randonneurs, Terry explique que les marcheurs pouvaient être nombreux mais ils se font déposer par des bus, très tôt, vers 5 heures ou 6 heures du matin, ensuite ils ne doivent pas traîner pour ne pas rater ces mêmes bus qui les attendent, mais pas trop longtemps non plus, à l'arrivée, 20 km plus loin ! Donc, conclut Terry : « ils sont à 2 ou 3 heures devant nous »

Au loin se profilent le Tongariro, qui culmine à presque 2000 mètres, à côté le Ngauruhoe, pentu, qui atteint 2 800 mètres, plus loin enfin le Ruapehu, trois seigneurs de la nature témoins muets de temps révolus.

La balade démarre facile, « le temps a l'air au beau fixe, mais il faut se méfier, cela change vite », prévient Terry.
Tom porte un sac à dos que lui a apporté Terry, il l'a rempli de sa nourriture, de l'eau et de ses vêtements de pluie ou contre le vent. De ses bâtons de marche il s'aide pour garder son équilibre sur la piste semée de petits rochers. Il trouve qu'il a un

peu chaud avec son bonnet de laine et ses couches multiples de pulls et polaires, mais Terry le dissuade d'enlever quoi que ce soit, car la température n'allait pas tarder à chuter.

Ils traversent d'abord une plaine où serpente leur piste, jusqu'à un col entre les deux volcans, qu'il faut atteindre par une montée plus rude. Les masses des deux géants volcaniques les dominent comme une menace latente. Il n'y a personne à l'horizon.

Les deux marcheurs économisent leur souffle dès que la première montée se fait plus ardue, environ 900 mètres de dénivelé à avaler sur quelques kilomètres.

Terry organise quelques poses quand il voit que Tom ralentit. Le paysage est grandiose, tout minéral, image d'une éruption refroidie, pas une trace quelconque de végétaux, mais dans le ciel maintenant quelques rapaces volant en cercles larges à la recherche d'un rongeur égaré.

Tom profite du spectacle de la nature, jusqu'à en oublier presque sa mission.

Ils franchissent des passages avec escaliers qui mettent à contribution leurs genoux, puis ils doivent emprunter une piste plus étroite bordée à droite par d'énormes rochers et du côté gauche par de dangereux éboulis abrupts. Il faut alors s'aider d'une corde fixée à droite en guise de rampe avec des mousquetons dans la paroi rocheuse. Au loin, sur la pente du Ngauruhoe ils aperçoivent un hélicoptère de secours à la manœuvre,

Tom interroge Terry, qui, en tant que guide recensé, s'occupe aussi des secours en altitude.

Terry consulte son téléphone, il avait eu un message, mais qui précisait qu'on n'aurait pas besoin de lui cette fois-ci. Pour l'instant, l'opération a été lancée avec une équipe qui était disponible. D'après les informations que Terry put recueillir sur son portable il s'agissait d'un randonneur qui s'était fracturé une jambe à mi-pente abrupte, d'ailleurs avec la jumelle que Terry lui tend, Tom peut localiser le groupe autour du blessé, à environ 3 ou 4 kilomètres d'eux, l'hélicoptère au-dessus du groupe, qui cherche à hélitreuiller le blessé, « mais les vents rabattants gênent les manœuvres » lui explique Terry.

Ils arrivent à un premier plateau d'où l'on peut voir le Red Crater, proche du Tongariro. Le chemin escarpé sur ses deux bords et surtout très étroit s'approche jusqu'à longer le Red Crater. D'un côté le vide est impressionnant, un à-pic de 300 mètres, de l'autre côté aussi une pente très abrupte mais pleine de rochers qui pourraient freiner une chute éventuelle.

Tom s'immobilise : « j'ai le vertige, je préfère m'arrêter un instant ».

Terry attend tranquillement à côté de lui, il prend une cigarette et l'allume, le vent s'est levé. Il fait un geste vers Tom pour signifier qu'ils ont le temps de faire une pause.

Tom, qui cherche à reprendre son souffle, fait mine d'admirer le paysage somptueux qui s'offre à lui, mais en fait il est saisi d'un léger tremblement car en visualisant l'endroit où il se trouve, il identifie à peu près le lieu où l'accident a dû avoir lieu d'après les notes qui figuraient dans le dossier remis par Lynn. Cela lui fait un choc d'être sur les lieux du cr..., non de l'accident. Il ose à peine regarder vers le bas, du côté de l'à-pic, il ne se sent pas au mieux et pourtant c'est là qu'il doit se lancer et jouer sa carte :

— Il y a parfois des accidents ? demande-t-il à Terry, sur un ton innocent, en espérant que sa voix ne le trahisse pas.

— Rarement, mais cela peut arriver, la preuve avec l'hélicoptère là-bas !

— J'ai entendu parler d'un Français, il y a quelques semaines, qui s'est tué au Tongariro, c'était où ? bafouille Tom, en se disant que la ficelle est un peu grosse.

Terry le fixe du regard, un regard sans fond comme le précipice, un moment passe, le silence entre eux, puis il s'approche encore plus de Tom qui n'en mène pas large :

— Précisément ici, oui, et c'était moi le guide, pour être encore plus précis... appuie Terry avec défi, comme excédé par une histoire qu'il avait déjà dû raconter et expliquer.

— Que s'est-il passé exactement ? s'enquiert Tom d'un ton neutre comme s'il ne voulait pas remarquer la tension que l'attitude de Terry instaure, en même temps il se dit qu'il aurait dû trouver un endroit plus confortable pour assaillir Terry de telles questions.

— Vous faites une enquête ?

— Non, non, juste savoir, balbutie Tom.

Le vent vient de forcir, un vent frais maintenant, des nuages commencent à envahir un ciel jusque-là d'un bleu profond et jouent à saute-mouton avec le soleil. Tom frissonne, mais est-ce de froid ?

Il perd un instant le fil de ses pensées et se revoit à nouveau quelques jours auparavant à la terrasse du Royal Odéon à savourer une bière de Munich par une fin d'après-midi ensoleillée, quel talent avait-il de se mettre dans ces situations inextricables, mais il n'a plus le choix, il faut poursuivre sans faiblir.

Terry hésite, il ne s'attendait pas à cela après un début de journée très banal, il réfléchit visiblement à la meilleure attitude à adopter, puis décidant de rester sur ses gardes malgré tout il soupire :

— C'est un souvenir douloureux.

— Je comprends, bien sûr, très douloureux, mais que s'est-il passé, il a glissé, il voulait voir quelque chose, vers le fond ?

— Il voulait s'approcher au plus près, oui, trop près, je ne sais pas pourquoi, un rocher s'est détaché, un de ces rochers comme celui-ci, vous voyez ? alors il a glissé, il est tombé, j'ai tenté de le rattraper, je n'ai rien pu faire, j'ai même glissé moi aussi jusqu'à cette plate-forme, là-bas, où j'ai réussi à me stabiliser en attendant les secours que j'ai immédiatement prévenus. Mais à vrai dire, avec une telle chute de quelques centaines de mètres, vous comprenez, il n'y avait aucun espoir. Le fond du cratère était d'accès quasi-impossible pour une équipe de secours, ils sont venus avec un hélicoptère, comme celui qu'on a vu tout à l'heure, une équipe de brancardiers est descendue en rappel et a arrimé le corps qui a été ensuite remonté.

Terry a terminé cette longue explication avec un soupir qui évacue en même temps la pression, la tension, qui ridaient son visage.

Les deux hommes se mesurent du regard, comme si c'était une partie de poker.

Terry s'est maintenant totalement refermé, affichant même un air sinistre, sans doute doit-il se sentir accusé de négligence dans son métier, ou bien il a clairement senti un piège, peut-être la famille du randonneur se prépare à attaquer en justice pour une faute professionnelle, non il n'y a rien d'anodin dans ces questions, mais il sent aussi que plus il hésite à répondre, plus il laisse entendre que Tom a marqué un point. Il doit poursuivre :

— Vous connaissiez Quentin Dervaux ? entame-t-il en lâchant le nom de la victime pour obliger Tom à se dévoiler éventuellement.

— Non, fit sobrement Tom qui ne veut pas encore mettre ses cartes sur table, il ajoute : j'ai juste lu des articles de presse à ce sujet.

— Alors pourquoi toutes ces questions, Tom ? poursuit Terry qui cherche à pousser Tom dans ses retranchements.

Un long silence, juste le vent qui souffle en bourrasque, une pierre roule vers le bas comme un avertissement muet.

L'attitude de Terry est maintenant franchement hostile. Sur ce sentier qui fait à peine cinquante centimètres de large, l'imposante stature de Terry domine Tom, bloque tout passage.

Heureusement un groupe de trois marcheurs japonais apparaît à une trentaine de mètres sur le sentier, les marcheurs parlent fort, commentant sans doute le paysage spectaculaire qui s'offre à eux. Terry et Tom se poussent légèrement pour les laisser passer, Tom est trempé de sueur malgré le vent froid qui souffle en rafales, il est vraiment près du bord du précipice, il s'arrange pour se glisser, juste après les trois randonneurs, au milieu du passage. Tom sent qu'il doit immédiatement reprendre l'initiative, c'est une question de secondes, il joue son seul atout :

— Deux Français qui tomberaient au même endroit, avec le même guide, à un mois d'écart, cela n'est pas trop plausible ? balance Tom avec tout l'air dégagé dont il est capable.

Les marcheurs japonais ont disparu, on les entend dévaler la pente caillouteuse qui mène au lac d'émeraude, en contrebas, à l'est du Red Crater. Les nuages tombent en cascades sur les cimes des volcans, l'air froid se glisse dans les manches des anoraks.

Terry ne quitte pas Tom du regard, calcule ostensiblement les options qui s'offrent à lui, ce qui est possible et… ce qu'il faudrait reporter :

— Il est temps de poursuivre, la météo pourrait se détériorer rapidement, décide Terry.

— Alors allons-y, Tom bondit sur cette proposition qui n'excluait cependant pas une menace voilée.

Les deux randonneurs se mettent à nouveau en route, sans un mot, il leur reste plusieurs longues heures de marche à faire.

Ils longent d'abord pendant quelques dizaines de mètres le Red Crater, puis sans aborder l'ascension du mont Tongariro lui-même « ce serait un détour qui prendrait trop de temps maintenant » argumente Terry, ils entament la descente abrupte vers le lac d'émeraude, qui luit tout au loin comme une pierre précieuse. Tom s'appuie sur ses bâtons pour glisser, comme à ski, sur le côté, dans la pente où chaque pas déclenche un petit éboulement de pierres et de petits rochers.

Des marcheurs se reposent près du lac, à quelques centaines de mètres d'eux, ils ne sont donc plus tout à fait seuls, ce qui rassure un peu Tom.

Laissant le lac derrière eux, ils s'engagent sur une piste de terre et de cailloux qui traverse une sorte de plaine intérieure toute minérale, sur quelques kilomètres, puis il leur faut à nouveau escalader une grosse corniche qui borde un autre lac, un peu plus grand. Ils le contournent rapidement, sans échanger de paroles. Le ciel est gris foncé, l'air commence à sentir la pluie.

Puis c'est une longue descente sur un chemin bien aménagé, qui serpente en pente douce, au milieu d'une végétation maintenant buissonnante, preuve qu'ils ont perdu beaucoup d'altitude. Ils sont redescendus à la limite où poussent à nouveau toutes sortes de plantes. Quand la pente se fait un peu plus raide, le chemin laisse la place à des escaliers rudimentaires aménagés pour le confort des randonneurs, mais qui mettent les genoux à contribution.

Au loin ils aperçoivent des fumées qui s'échappent de la pente du volcan, une odeur de soufre envahit l'atmosphère. Ils passent devant un refuge désaffecté. Tom préfère ne pas poser de questions, mais il voit sur le mur du bâtiment un panneau expliquant que le refuge ne devait plus être utilisé, car il avait été atteint lors de la dernière éruption, datant d'il y a trois ans, par des rochers qui avaient défoncé la toiture. Le panneau ajoute que les éruptions peuvent intervenir à tout moment sans préavis… Diable, où me suis-je fourré, pense Tom.

Le chemin s'enfonce maintenant dans la forêt, une forêt dense, touffue, tandis que la pluie se met à tomber d'abord sans bruit, puis plus insistante, crépitant sur les lourdes feuilles des palmiers.
La piste devient glissante, pendant qu'ils avancent à l'abri relatif de ces palmiers et des fougères géantes, pas de bruit autre que la pluie, pas de cris d'animaux, ils sont de nouveau seuls, Tom laisse Terry marcher devant, il est fourbu, fourbu mais vivant, après ces sept heures de marche, il se met à traîner les pieds, ses muscles des jambes le font un peu souffrir.

Enfin la forêt s'éclaircit progressivement autour de la piste, jusqu'à ce qu'ils rejoignent un parking presque désert, car il est déjà 17 heures.
La Subaru de Terry est là, mais aussi Ewan qui fume, adossé au véhicule sans faire cas de la pluie.
Terry ouvre le coffre du véhicule, retire son imperméable, secoue ses habits, jette son sac et ses affaires dans le coffre et fait signe à Tom d'en faire autant. Il prend alors Ewan à part et lui chuchote quelques mots rapides qui le font sourciller.

Puis Terry s'installe au volant de la voiture, Ewan derrière le siège passager avant. Tom se rend compte qu'il n'a guère d'autre choix que de s'installer aussi dans le véhicule, sur le siège passager avant, avec l'énorme Ewan dans son dos. Mais que fait-il dans ce piège, à l'autre bout du monde ?

Du coup il repense à Paris, son quartier de l'Odéon, il imagine Twiggy qui fait sans doute la permanence de l'agence, « non, mon patron est en mission à l'étranger, oui, très loin, non, pas joignable, vous savez ce que c'est, mais je peux prendre un message, oui, il doit rentrer d'ici quelques jours », soudain inspiré Tom saisit son téléphone mobile et appelle Twiggy, sachant que Terry ne comprend pas le français.

Terry et Ewan le regardent d'un air furieux. Bon sang, ce téléphone met un temps fou à se connecter à... enfin, cela sonne :
— Allo Twiggy ?
— Oui, marmonne-t-elle d'une voix ensommeillée.
— Ah bon sang ce décalage horaire, Twiggy, mais oui quelle heure est-il ?
— Ben 5 heures du mat, Tom, tandis qu'une voix d'homme s'en mêle.
— C'est qui ce mec qui t'appelle la nuit, Madeleine ? et voici Twiggy qui se met à argumenter.
— Mais tu ne vas pas me faire une crise de jalousie Jeannot, cela ne fait que deux jours qu'on se connaît, tu sais, j'ai connu...
— Allo Twiggy excuse-moi mais c'est très grave, crie Tom, écoute-moi sans m'interrompre, je suis avec le guide de l'agence, il s'appelle Terry, il est avec Ewan, un copain maori à lui..
— Mao quoi ? interrompt Twiggy.
— Regarde dans le dictionnaire, Twiggy, je continue, donc ils doivent me raccompagner à l'hôtel, mais ils sont un peu menaçants, si jamais je ne donne plus signe de vie, ce sera à cause d'eux, tu m'as bien entendu, Twiggy ?

— Euh, oui, j'ai vaguement compris, mais j'ai beaucoup de questions à te poser, tu sais, Tom ?
— Oui, mais là je ne peux pas, c'est assez grave, si je ne te rappelle pas demain, informe de suite madame Dervaux, d'accord ?
— Euh oui, mais…
— Non pas le temps à bientôt Twiggy, et il raccroche.

Terry est sorti de la voiture, le fixant du regard, un regard qui veut dire « vous avez encore aggravé votre cas », mais Tom a lancé sa bouteille à la mer avec le message SOS dedans, il se sent moins seul.

Le guide s'installe à nouveau dans la voiture, Tom fait de même. Il sent la présence silencieuse de Ewan dans son dos, qui ne le met pas à l'aise.

Avant que Terry n'ait mis en route le moteur, Tom prend son élan, il continue sa partie de poker, cherchant à provoquer Terry de façon à le faire s'avancer à découvert :

— Terry, vous avez fait une grosse bêtise, mais il vous reste peut- être une chance de vous en sortir.

Terry ne répond pas, mais Ewan a bougé derrière, Tom imagine un lacet qui lui serre soudain le cou, pas facile, mais ce serait sans doute dans ce cas Terry qui devrait donner à Ewan un signal, donc c'est Terry qu'il faut neutraliser en paroles :

— Si vous me dites qui vous a payé pour Dervaux, vous pourriez en réchapper…
— Parce que vous m'accusez de l'avoir poussé ?
— Oui.
— C'est quoi, ce délire ? s'exclame Terry.

— Dervaux avait réservé la randonnée avec Rick, le patron de votre agence. Deux jours auparavant Rick a eu une intoxication alimentaire, suite à un dîner chez vous justement, c'est vous qui avez remplacé Rick, balance Tom s'appuyant sur les notes du dossier que Lynn Dervaux lui avait confié.
— Cela prouve quoi ?
— Quelques jours avant cette randonnée, vous étiez à Auckland, où vous n'allez en général jamais, vous avez passé la nuit au Sofitel sur les quais.
— Mais vous voulez prouver quoi ?
— Le lendemain matin vous avez déposé un total de 500 000 $ sur un compte en banque ouvert ce même jour, à Auckland, à la NorthWestern Bank. Terry, d'où venait cet argent ?

Terry reste d'abord sans réaction un long moment, puis, laconiquement, il soupire :
— Je n'ai rien à vous dire, vous délirez totalement, je vous raccompagne et nous en resterons là.

Il explique en démarrant qu'il va d'abord déposer Ewan chez lui, c'est sur la route du retour.

Après une dizaine de kilomètres, ils bifurquent dans une propriété, à l'entrée un panneau sympathique « *trespassers will be shot* », la propriété est vaste, ils suivent un chemin de terre bordé de grands prés en pente douce vers un lac, pas de voisins à proximité.

Terry se gare près d'une maison cossue, d'où sort un chien, un rottweiler noir qui aboie joyeusement à la vue de Ewan s'extirpant de la Subaru. Terry sort aussi et retrouve son ami Maori à quelques mètres derrière la voiture, avec le chien leur faisant fête. Tom, toujours assis dans la Subaru, n'entend rien de leur conversation, bien qu'il ait baissé la vitre et mis son coude dehors, faisant mine de s'intéresser au paysage.

Si la situation bascule, Tom sait qu'il n'aura aucun recours pour s'échapper, l'endroit est désert, ils n'auront même pas besoin de tirer un coup de feu, l'énorme Maori lui fera son affaire à mains nues...

Les deux acolytes semblent peser le pour et le contre, Ewan a l'air partisan de la manière forte et expéditive, rien qu'à voir ses mouvements de bras qui brassent l'air, mais Terry paraît plus soucieux, sans doute toujours du fait qu'un deuxième Français ne pouvait disparaître après une journée passée avec lui !

Terry conclut leur entretien, il lui tape amicalement sur l'épaule façon « ce n'est que partie remise ». Ewan part vers la maison en jetant au passage un regard noir à Tom, tandis que Terry revient s'installer au volant.

La voiture démarre, les deux randonneurs repartent enfin pour une heure de route jusqu'à Turangi qu'ils atteignent dans la nuit, il est six heures du soir.

Quand Terry se gare sur le parking du lodge, il pleut toujours, un silence gêné s'installe dans la voiture, chacun réfléchissant à dénouer la situation.

Tom, un peu plus à l'aise, relance la conversation :

— J'ai un vol demain à Taupo pour retourner à Auckland, je vais réserver aussi une place pour vous. Si vous ne venez pas, je vais voir la police demain ! Mais si vous venez, nous irons au Sofitel d'Auckland, je réserve deux chambres pour nous, je veux simplement que vous rencontriez mon employeur pour discuter avec lui, c'est tout ce que je veux, le vol de demain est à 11h40, que décidez-vous ?

Terry reste silencieux, il dévisage Tom avec des lueurs de meurtre dans les yeux, soupire, puis hoche lentement la tête en guise d'assentiment. Pour montrer que l'entretien est terminé, il embraye, attendant que Tom sorte ses affaires de randonnée, puis il démarre sèchement et disparaît dans sa Subaru.

Tom se doute bien que le guide cherche à gagner du temps jusqu'à se trouver en position de prendre une initiative que Tom imagine violente et définitive.

Cette situation ambiguë le met mal à l'aise, la confrontation violente avec des personnes n'est pas son fort, il préfère étudier des problèmes dans le calme qu'agir instinctivement avec prise de risque.

Avec Terry il avait appuyé fort là où cela pouvait… faire des étincelles. Tom, qui aime jouer aux échecs, cherche plutôt à prévoir les coups suivants de son adversaire, là il estime qu'il a déjà fait deux fois l'erreur de laisser l'initiative à l'adversaire, d'abord au sommet du Red Crater, ensuite dans la propriété d'Ewan, mais heureusement Terry avait chaque fois raté l'occasion de le faire disparaître, certainement il avait dû gamberger sur les explications à fournir sur un deuxième Français qui disparaîtrait…

Pas de doute, rester à Turangi encore cette nuit, c'est rester sur le « terrain de chasse » de Terry, non ! il doit s'en aller.

Il entre dans le petit hôtel retrouver sa logeuse, Anthea, la vieille Anglaise qui arrondit ses fins de mois en s'occupant du lodge avec son mari. Il la trouve dans le grand salon qui fait aussi office de cuisine où elle prépare ses décoctions pour des hôtes qui viennent d'arriver.

Anthea a le flegme, l'habillement déconcertant dans les couleurs, les manières d'une parfaite Anglaise dans une colonie britannique. Tom trouve que les Anglais, où qu'ils soient, ont gardé l'habitude de se conduire comme dans une de leurs anciennes colonies, où par exemple les indigènes doivent leur parler en anglais car eux-mêmes ne peuvent pas s'abaisser à apprendre tous les dialectes des pays qu'ils ont conquis. Il se rappelle même qu'en France il avait vu nombre de ces Anglais, installés depuis des années, par exemple en Dordogne – ancienne terre à eux, certes, ou sur la Côte d'Azur, qui au bout de dix ans de présence ne pouvaient toujours pas articuler un mot de français.

Puis il se souvient que Anthea fait la cuisine comme en Angleterre, Tom en avait fait l'expérience le premier soir quand il ne voulait pas ressortir dîner après son long voyage, ce soir il est décidé à ne pas renouveler cette terrible épreuve.

Tom s'accoude sur le plan de travail de la cuisine pour expliquer à Anthea qu'un événement imprévu l'oblige à partir, mais pas de problèmes, il va payer la nuit à venir, il la prie de lui préparer sa note, le temps pour lui de ranger ses affaires.

Puis il court à sa chambre, remplit en quelques secondes sa valise, revient dans le hall à grandes enjambées en traînant sa valise. Sa note est prête, qu'il règle avec sa carte de crédit.

Anthea pose sur lui son regard insistant :
— Mais cette randonnée s'est bien passée avec Terry?
— Euh oui, bien sûr, Tom invente ensuite : j'ai un contretemps, ma société me demande de revenir à Taupo tout de suite, vous voyez ?

Sans attendre une réponse, Tom salue Anthea, la remercie pour ce *wonderful* accueil (là non plus Tom ne supporte cette manie anglo-saxonne de pratiquer l'emphase à haute dose avec des « *fantaastic, great, wonderful* », là où un « très bien» conviendrait aussi).

Tom fonce dehors, lance sa valise dans le coffre de sa Toyota Corolla. Le temps de se souvenir que le siège conducteur est du côté droit (il est d'abord entré du mauvais côté), le levier de vitesse par contre à gauche ainsi que la conduite sur route, il démarre en trombe, tous phares allumés. Il a la sensation de s'échapper d'un cauchemar, la peur de sa vie !

Tout de suite il doit ralentir, les panneaux routiers lui enjoignant de respecter la vitesse limite de 50 km/h en ville. Puis après quelques minutes, il peut rejoindre la Highway 1 en direction de Taupo.

Il longe le lac par cette route sinueuse, la pluie s'est arrêtée, mais les nuages bas accrochent les collines. Le soir est tombé sur la masse noire du lac, les véhicules venant en sens inverse se pressent, tous phares allumés. Un trafic incessant de poids lourds aux dimensions monstrueuses l'oblige à faire très attention dans les virages en épingle à cheveux, la limitation de vitesse y baissant jusqu'à 35 km/h.

Près de Taupo, il croise au large l'aéroport où il embarquera le lendemain. À l'entrée de la ville la route continue le long du lac, où s'alignent, un à côté de l'autre, pour les touristes de passage, des lodges d'architecture très voisine, pas plus d'un étage, tout en long, tous orientés vers la vue lac.

Il choisit le Lakeland lodge, un grand établissement d'au moins cinquante chambres, face au lac bien sûr. Il est 19h30, le soir a envahi la ville. Il se gare à l'arrière de l'hôtel, près de l'entrée principale, il n'y a pas plus de 5 ou 6 voitures sur le parking. Il se dirige vers la réception où un jeune homme lui confirme qu'il a le choix, chambres ou suites : « juste une chambre vue lac pour la nuit, je repars demain matin » lui dit Tom.

Il s'installe dans sa chambre, propre mais sans chaleur, juste fonctionnelle. La fenêtre donne sur la route qu'il a prise, et sur le bord du lac plongé dans l'obscurité. Au loin sur le côté droit scintillent les lumières de la ville qui se love autour de la rive nord du lac.

Il décide d'appeler de suite Lynn pour lui faire un compte rendu de la journée, mais il s'inquiète d'abord de vérifier quelle heure il peut être en France « ah oui 7h30 c'est raisonnable, même si c'était un peu tôt », pendant que son téléphone sonne, il se rend compte que la situation n'est pas aussi simple à décrire à Lynn, car enfin Terry n'a rien avoué, il était plutôt excédé par les questions et les accusations de Tom, qui certes avait eu les frayeurs de sa vie, mais il n'y avait aucun fait précis accusant Terry.

Lynn décroche après avoir longtemps laissé sonner, sans doute vérifiait-elle qui la dérangeait à cette heure indue :

— Tom, c'est vous ? fait la voix fatiguée de Lynn.
— Oui, je vous dérange ?
— Allez-y, je suis à Dubaï, je vous écoute.
— J'ai fait la randonnée ce jour avec Terry, je suis de retour à Taupo et demain je pars pour Auckland avec Terry
— Avec Terry ?
— Je vous expliquerai, mais je souhaiterais que vous le rencontriez, au vu des éléments dont je dispose, quand serez-vous à Auckland ?
— Je pars cette nuit de Dubaï, donc on peut se voir dans deux jours si vous voulez.
— Très bien, j'en saurai beaucoup plus d'ici là, je vous rappelle à votre arrivée, bon voyage.
— Merci, à bientôt et soyez prudent avec Terry.

Tom passe une nuit agitée, se réveille plusieurs fois. Il fait même un cauchemar, il est avec ses parents dans leur petite voiture, sur le siège arrière, derrière lui l'énorme camion est à peine à deux mètres de la Fiat 500, devant il voit à travers le pare-brise deux points lumineux qui grossissent, deux phares jaunes, un grondement de moteurs, puis il sursaute et se redresse en sueur dans son lit, il se lève, va à la fenêtre regarder le lac et les voitures qui passent en pleine nuit, il guette des allées et venues suspectes, puis se recouche et essaie de retrouver le sommeil.

Chapitre 10

Son réveil sonne à 6 h 30, ce 14 novembre, à peine le temps pour lui d'une douche chaude qu'il fonce déjà à la salle de restaurant pour un full breakfast. Confitures industrielles, jus de fruit au goût chimique, pain toast anglais : encore une chose qu'il déteste, bref il a encore faim en sortant de la salle.

De retour dans la chambre il réserve sur internet le siège de Terry pour le vol Taupo-Auckland (le sien avait été réservé avec ses autres vols par Lynn), puis appelle le Sofitel d'Auckland que Lynn lui avait conseillé, pour réserver leurs deux chambres.

Sur le parking, au moment de quitter le Lodge pour l'aéroport, son téléphone sonne, c'est Anthea :
— Hi Tom, vous êtes où ?

— Je suis à Taupo, comme je vous l'avais dit, je dois maintenant partir pour l'aéroport, je suis attendu à Auckland, pourquoi ?

— C'est incroyable, la porte de votre chambre a été forcée cette nuit ! ce n'était jamais arrivé dans mon lodge ! Votre chambre n'avait même pas encore été relouée, je ne comprends pas ce qui s'est passé ! la pièce n'a pas été fouillée, rien n'a disparu, juste la porte qui a été forcée, vous savez ce qui a pu se passer ?

— Bien sûr que non, Anthea, c'est très bizarre, ou alors un de vos nouveaux hôtes s'est trompé de chambre, il n'arrivait pas à entrer avec sa clé, il a peut-être forcé la serrure ?

— Non, pas du tout, je les ai déjà tous vus ce matin.

— Je n'ai pas d'explication, Anthea, mais soyez prudente…

— Bon, je vais faire venir la police, mais je n'en reviens pas, ici à Turangi ! Bon, Tom, excusez-moi de vous avoir dérangé, et bon vol, *see you*, Tom !

— À la prochaine, Anthea !

Tom soupire en sentant cette situation qui dérape, c'est quand même la première fois qu'il y a un indice probant d'une action contre lui, certainement une tentative de Terry et Ewan, surtout donc ne plus prendre aucun risque, pense-t-il en s'engageant sur la route de l'aéroport qu'il atteint en dix minutes.

Il dépose sa voiture chez le loueur, un grand gaillard jovial, blagueur et aussi très décontracté car il reprend possession du véhicule sans vérifier l'état de la carrosserie ni le kilométrage ni l'essence restant dans le réservoir.

Puis il marche quelques dizaines de mètres jusqu'à un bâtiment aux allures de petit supermarché, qui tient lieu d'aéroport, un petit local propre, intime, toutes les fonctions d'un grand, mais en modèle réduit, un comptoir d'enregistrement, une seule porte d'embarquement, un bar, mais quand même quelques sièges pour attendre l'embarquement. Là aussi ambiance cool, sans formalités, les gens embarquant avec leur boisson à la main.

Il enregistre sa valise, va prendre un café au bar, la salle est toute calme, cela change des atmosphères d'aéroports internationaux où des hordes de touristes se pressent à la suite d'un accompagnant muni d'un parapluie en guise de panache blanc pour les guider à travers les arcanes d'une procédure d'embarquement qui se complexifie à chaque fois qu'un nouvel attentat a testé la sécurité des lieux.

Tom se souvient de ces vieux films en noir et blanc, où Humphrey Bogart et Lauren Bacall traversaient des aérogares vides, faisaient dehors quelques mètres avant de monter sur une passerelle, avec à la main des tas de choses interdites de nos jours, ils fumaient encore et avaient des bouteilles d'eau (ou mieux pour Humphrey ?), une hôtesse pas encore blasée les attendait au sommet de l'escalier avec un vrai sourire, ils entraient dans l'avion à hélices qui stationnait, l'arrière plus bas reposant plus près du sol.

Il est 10h50, Tom installé avec un journal local commence à s'inquiéter car Terry ne doit plus tarder. Que faire s'il décidait de ne pas venir, tout le plan de Tom s'écroulerait, la menace resterait la même pour Tom mais il n'aurait plus la main, il lui faudrait attendre les coups tordus qu'on allait lui préparer. Peut-être même demanderait-il alors à Lynn d'interrompre sa mission et de retourner à Paris, mais il perdrait sans doute une grosse partie des honoraires que Lynn lui avait promis.

Dix minutes avant le décollage (mais il ne fut pas le seul, les Néo-Zélandais restant décidément très cool), Terry arrive, blouson de cuir sur un pantalon de toile, une casquette de baseball vissée sur la tête, trainant un sac cabine sur roulettes. Il a le masque concentré du parachutiste qui va être largué sur la zone de combat…

Voilà le deuxième indice très positif, se dit Tom, car s'il n'avait rien à se reprocher, Terry n'aurait pas eu de raison de venir le rejoindre pour aller à Auckland, donc c'est un aveu de culpabilité, ténu certes car toujours pas de preuves matérielles. Mais en même temps le risque augmente car Terry repousse l'échéance d'une explication, d'ici là il garde toute latitude de nuisance. Tom se promet de rester vigilant, cela peut devenir trop dangereux.

D'un hochement de tête Terry salue Tom, prend la carte d'embarquement que lui tend Tom, puis tous deux se dirigent à pied vers l'avion, un Beechcraft à hélices de vingt places. Ambiance relax dans l'avion, bien sûr pas de porte fermant le cockpit, donc on voit le pilote, les instruments de bord, on se sent « en famille ».

Pas un mot n'est échangé entre Terry et Tom pendant le vol court. L'avion survole bientôt la baie d'Auckland et atterrit sans encombre après un virage sur l'aile, puis il vient se garer près du terminal domestique. De là ils prennent un taxi qui les mène *downtown* au Sofitel. Les deux hommes n'échangent pas un mot, Terry a pendant tout le trajet la tête tournée vers sa fenêtre, à regarder la banlieue défiler sous ses yeux.

L'hôtel est situé sur les quais, à Viaduct Harbour, on peut découvrir de loin la partie de la ville qui s'étend au bord du port, avec, dominant les buildings, la fameuse Sky Tower, de plus de 300 mètres de haut, celle qui apparaît toujours à la télévision au moment du Nouvel An, lorsque des feux d'artifice sont lancés, car Auckland doit être la première capitale à entrer dans la nouvelle année, compte tenu du découpage en fuseaux horaires. Évidemment chaque année, un marronnier typique des rédactions de journaux télévisés, on repasse les mêmes images au téléspectateur, qui visionne tout cela avec la placidité du bovin dans son pré.

À vrai dire, Tom ne regarde pas la télévision « traditionnelle », celle où le journal de 20 heures est ponctué de faits divers locaux décrits par des voisins qui n'ont rien vu, mais juste entendu un gros bruit, « vous comprenez, j'étais dans ma cuisine… ».

Sous le porche d'arrivée du Sofitel, un bagagiste accourt pour prendre leurs valises dans le coffre du taxi, tandis que Tom règle la course. Aux quelques mots prononcés par le bagagiste, qui trahissaient son accent, Tom lui demande de quelle nationalité il est. Celui-ci, en tenue de groom grise, répond « *French* », alors Tom poursuit en français avec lui :
— Vous êtes ici depuis longtemps ?
— Six mois, Monsieur.

— Quel est votre prénom ?
— Rémy, je suis de Quimper.
— Diable, vous êtes loin de votre base ! vous êtes ici en stage ?
— Non, c'est mon job, j'ai décidé de travailler un an en Nouvelle- Zélande, ensuite j'irai voyager en Australie, avant de rentrer peut- être en France. C'est beaucoup plus facile de trouver un job ici qu'en France, tout va plus vite, tout est plus simple.
— Merci, Rémy, félicitations pour votre dynamisme, je vous souhaite bonne continuation.
— Merci Monsieur.

Tom se souvient alors de ses premières années de galère, de ses petits boulots, il se revoit ensuite accepter les opportunités de la ScandoBank et prendre des initiatives. Ce bagagiste lui apparaît très sympathique dans son attitude.

À la réception, Tom est reçu par une Chinoise très stylée, chignon impeccable retenu par des aiguilles, robe en soie bleu foncé brodée de dessins allégoriques en fil d'or, qui lui souhaite la bienvenue avec emphase. Il annonce qu'il a réservé deux chambres, s'occupe de toutes les formalités, donne son passeport et réclame le sien à Terry, puis il prend les clés, ce sont des badges, en double pour chaque chambre, alors il tend un seul badge à Terry, en prenant soin de garder discrètement son double.

Tom se retourne vers Terry :
— Il est 15h30, donnons-nous rendez- vous à 18 heures dans le hall, ici, pour aller ensuite rencontrer mon employeur

que je vais contacter. S'il ne peut nous recevoir, le rendez-vous sera pour demain matin au plus tard. Mon employeur ne veut que le nom de votre contact, ensuite vous pourrez partir et rentrer.

Terry, d'un geste machinal, consulte sa montre et hoche la tête en guise d'approbation.

Ils se dirigent vers le fond du hall. Pour démarrer l'ascenseur, il faut présenter le badge face à un senseur, c'est une forme de sécurité car le hall de l'hôtel, très fréquenté, aurait pu donner accès aux étages. Mais Tom pense qu'il y a aussi les escaliers de secours pour une personne mal intentionnée...

Leurs chambres sont proches, au deuxième étage, se faisant presque face. Terry s'engouffre dans la sienne, tandis que Tom pousse la lourde porte de la sienne, il découvre sur un côté de la chambre une immense baie vitrée qui laisse admirer une magnifique vue sur le port. Pour l'intimité il faudra tirer les épais rideaux, sinon les promeneurs du port peuvent suivre les clients dans leur chambre vaquant à leurs occupations. Tom se presse de prendre une douche bienvenue, il se change avec plaisir car il a encore sur lui la tenue du trek de Taupo.

À 19 h 30, Tom est toujours dans le hall, assis dans un gros fauteuil club, en blazer bleu marine, pantalon de toile et mocassins souples, cela fait presque deux heures qu'il attend Terry. Dans le hall, des clients, des visiteurs et des touristes passent dans tous les sens, vers les bars, les restaurants de l'hôtel, tout un monde très bruyant, rires, interpellations, retrouvailles, on s'esclaffe, on s'écrie. Dans cette ambiance Terry a très bien pu filer discrètement sans que Tom s'en aperçoive.

L'inquiétude le gagne, soit que Terry ait choisi de fuir, et là, Tom aurait du mal à lui remettre la main dessus, soit Terry est en train de préparer un mauvais coup, dans ce cas Tom s'oblige à rester sur ses gardes.

Pour l'instant, il a essayé sans succès de joindre Lynn, donc le rendez-vous, s'il est maintenu, n'aura sans doute lieu que le lendemain.

Le mieux, se dit-il, c'est d'aller voir si Terry est dans sa chambre, ce qu'il ne croit guère, sinon il serait descendu.

Il toque plusieurs fois à la porte, mais personne ne répond, il décide alors d'utiliser le deuxième badge de Terry qu'il a conservé, il s'introduit chez lui : personne.

Tom fait le tour de la chambre, un peu inquiet, il se met à fureter à la recherche d'un indice quelconque, rien de spécial, mais il voit la mallette de Terry, dans une poche intérieure il trouve une tablette numérique, un cahier et un agenda, qu'il rafle sans plus réfléchir, il s'en retourne les déposer dans sa chambre. Craignant le même risque de cambriolage chez lui, il met les affaires de Terry qu'il vient de subtiliser dans un petit sac léger de voyage et descend chez le concierge.

Le bagagiste français, Rémy, est à côté du desk, remplaçant momentanément le concierge qui s'est absenté. Rémy est grand et mince, à peine vingt ou vingt-cinq ans, toujours souriant et disponible. Il lui demande d'entreposer le sac dans la bagagerie jusqu'à son départ du lendemain, Rémy revient avec un ticket de consigne pour Tom, qui lui demande :

— Votre bagagerie est surveillée, pas de risques ?

— Ne vous inquiétez pas, aucun problème.
— Si je souhaite vous laisser le bagage plusieurs jours, c'est possible ?
— Bien sûr, mais n'égarez pas le ticket, nous avons en stock beaucoup de pièces, sans le numéro il sera difficile de remettre la main dessus rapidement, si jamais vous êtes pressé à ce moment-là.
— Merci, Rémy.

Tom sort sur le port, le soir est tombé, une vive agitation règne sur les quais éclairés par des lampadaires très modernes, de nombreux touristes bruyants, mais aussi des habitants d'Auckland, tout ce monde se retrouvant dans les bars, devant les cafés, à boire, rire et discuter. Sur certaines petites places Tom a même du mal à se frayer un chemin, il faut jouer des coudes. Aucune chance de retrouver ainsi par hasard Terry, à supposer qu'il soit encore dans la capitale. Mais il doit y être, sinon il n'aurait tout simplement pas laissé ses affaires dans sa chambre.

Il se promène sur Quay Street, bordée de restaurants, qui longe les bassins du Port. Il s'aperçoit qu'il n'a rien avalé depuis le petit déjeuner de Taupo, il choisit de dîner dans un restaurant italien, le Positano, sur Market place, il s'installe en terrasse, peut-être verra-t-il passer par hasard Terry ?

Plusieurs fois d'ailleurs, Tom croit voir la silhouette du guide, il se lève à chaque fois à moitié, mais déjà la forme a disparu dans la nuit. Un serveur vient lui présenter la carte écrite en anglais et en italien, c'est de bon augure pour espérer une cuisine italienne authentique, dont Tom raffole.

Il engage la conversation avec le serveur qui lui dit être de Milan, ils se mettent tous deux à évoquer la lointaine Europe, la cuisine d'Italie, jusqu'à ce que le patron du restaurant rappelle à l'ordre son serveur. Le dîner se déroule sans surprise, les plats sentent bon la cuisine italienne.

Il est 22 heures quand Tom quitte le restaurant, sur le quai il se retourne une dernière fois, il croit voir entrer dans le restaurant deux hommes, dont l'un pourrait être Terry, cela fait au moins la cinquième fois que Tom croit le voir. Il hausse les épaules de fatigue nerveuse et préfère rentrer à l'hôtel se coucher.

En passant devant la chambre de Terry, il toque de nouveau, mais pas de réponse, alors il entre, la pièce est dans le noir, tout a l'air normal ou plutôt inchangé par rapport à sa précédente visite, il ressort et entre dans sa propre chambre.

Comme les fenêtres de la baie vitrée de sa chambre descendent jusqu'au sol, il ferme les rideaux pour ne pas être vu de la rue et des quais. Puis il prend une nouvelle douche comme s'il cherchait à se débarrasser de cette sorte d'angoisse qui l'étreint sournoisement, il sent comme une crispation dans l'estomac, allons, s'encourage-t-il, on reprend ses esprits.

Il revient dans la pièce qu'il a plongée dans le noir, il préfère ouvrir les rideaux pour voir les lumières de la ville lui faire des clins d'œil. Tom aime cette ambiance de ville la nuit avec ses lumières de toutes les couleurs, mais aussi ses noirs profonds, ses bruits étouffés, on dirait un vaisseau spatial qui fonce, immobile dans l'espace.

Il a quand même du mal à s'endormir, il se tourne dans tous les sens dans son lit, encore une nuit agitée, où il rêve qu'il voit Terry à chaque coin de rue.

Chapitre 11

Il se réveille dès 5 h 30, en ce 15 novembre.

Une petite pluie fine mouille en silence le port, les écharpes de la nuit s'effilochent, tandis qu'un jour blafard peine à percer les nuages bas. Les lumières des bateaux et les lampadaires des jetées se reflètent sur les quais trempés.

Assis sur le lit, Tom contemple le port et la ville, son attention est attirée par des gyrophares qui lancent leur lumière bleutée au loin sur le port. Pris d'une sourde inquiétude, Tom se lève, s'habille en vitesse, un jean, un pull et des baskets plus un blouson imperméable, il descend dans le hall, à grandes enjambées il fonce vers ces lumières. C'est sans doute aussi stupide que la veille au soir, quand il croyait voir Terry toutes les dix minutes déambulant sur les quais, mais Tom est ainsi fait.

Trois véhicules de police et une ambulance sont garés sur le quai, vers Viaduct Basin, non loin d'ailleurs de Market Place. Deux policiers sont penchés sur l'eau à tirer sur une corde. Tom s'approche, il y a une demi-douzaine de badauds, pas vraiment tenus à distance d'ailleurs. Sur l'eau un canot pneumatique avec deux plongeurs en combinaison noire qui ont arrimé un corps aux cordes des deux policiers. Quand le corps finit par arriver au niveau du quai, que les ambulanciers s'apprêtent à vouloir intervenir, un policier demande quand même aux passants de s'écarter, mais Tom reconnaît Terry, notamment à ses habits. Visiblement mort.

Tom se sent faible, comme un vertige passager, la tête lui tourne. Il regarde lentement autour de lui, quelqu'un le surveille-t-il ? ou bien le meurtrier, car c'est clair que, vu le sang sur sa tête, Terry a été assommé avant d'être jeté à l'eau, le meurtrier est peut-être là à observer la police et les badauds. Il croit d'ailleurs voir dans l'ombre quelqu'un qui prend des photos de la scène, mais après un moment cette personne sort de l'ombre, ce n'était qu'un policier.

Donc un nouveau meurtre, Tom commence à s'affoler, sa mission prend un tour imprévu. Il fait demi-tour, lentement pour ne pas se faire remarquer, les idées les plus folles se carambolent dans sa tête, il se sent incapable de trouver une ligne de conduite, alors il se dirige, de plus en plus vite, vers l'hôtel, tout en se retournant sans arrêt pour voir s'il est suivi. Mais il ne remarque rien. Dans le hall désert de l'hôtel, il décompresse, comme rassuré d'être en lieu sûr.

À peine arrivé depuis dix minutes dans sa chambre, il entend frapper à sa porte, Tom retient son souffle, il se met à transpirer, mais s'approche néanmoins de la porte, à 6 h 30 ce pourrait être le room service, mais non, il n'a rien commandé.

Il bouge l'œilleton de la porte et aperçoit une silhouette, un homme dehors qui fixe la porte du regard, Tom laisse alors immédiatement retomber le cache de l'œilleton, se poussant vivement sur le côté, soudain un bruit sourd et violent ! l'œilleton vole en éclats, une balle, sortie d'un pistolet à silencieux, l'a pulvérisé, Tom pousse un cri de surprise, il chute par terre avec un bruit lourd, puis ne bouge plus, le souffle coupé.

L'agresseur doit être encore de l'autre côté de la porte, mais Tom, allongé à côté de la porte, n'ose plus faire un mouvement. Peut-être l'homme au pistolet a pu croire que le bruit de la chute venait du fait qu'il avait atteint sa cible ?
Au bout de cinq longues minutes il entend la porte de l'escalier de secours, qui donne dans le couloir face à sa chambre, claquer, sans doute l'homme vient de s'enfuir.

Tom reste bien dix minutes par terre, incapable de bouger, puis il se relève en sueur, tremblant de toutes parts, il n'a plus qu'une idée en tête, fuir, il ne sait pas vers où, mais fuir. Sa mission dépasse largement le cadre qu'il s'était fixé, il n'est pas un héros.

Il rassemble à toute vitesse ses affaires et les jette dans son bagage cabine et sa valise, puis s'approche du trou dans la porte et observe le couloir, rien, il saisit ses bagages, ouvre brusquement la porte, fonce vers l'ascenseur en glissant des regards affolés autour de lui, un instant plus tard il est dans le hall. Il se précipite à la réception pour demander qu'on lui prépare son check-out, il y a là trois employés, plus le concierge, il devrait donc être en sécurité pour l'instant.

La réceptionniste, une Thaïlandaise cette fois, lui demande s'il paie pour les deux chambres qu'il a réservées. La question déstabilise Tom qui n'avait pas prévu cette option. Que dire ? Pour l'instant, il ne peut pas expliquer qu'il résilie aussi la deuxième chambre, son occupant venant d'être repêché dans le port, cela jetterait un froid !
Donc aussi tranquillement qu'il le peut, il déclare que l'autre occupant, dont il n'a pas de nouvelles, fera son propre check-out en temps et heure.

Voilà, il est maintenant sept heures, un employé passe l'aspirateur dans le hall, mais aucun client à l'horizon. Il doit appeler Lynn cette fois, c'est trop stressant. Il va dans le coin salon du hall s'installer avec ses bagages pour lui téléphoner.
Mais c'est son propre portable qui sonne, c'est Anthea, la logeuse de Turangi :
— Je ne vous dérange pas, dit-elle d'une voix inquiète ? et sans attendre de réponse : c'est horrible, vous êtes bien avec Terry en ce moment à Auckland, je crois.
— Euh oui, bien sûr, balbutie Tom déstabilisé à nouveau par la question, en fait je n'étais pas avec lui la soirée dernière, ce matin c'est encore trop tôt, je ne l'ai pas vu, mais pourquoi ?
— Dites-lui qu'un accident terrible s'est produit, son ami Ewan s'est noyé hier dans la journée dans son lac en faisant, je crois, du kayak, il s'est retourné et n'a pas pu se dégager, horrible. Je n'arrive pas à joindre Terry, son portable ne répond pas, pouvez-vous lui passer le message ? c'est la famille de Ewan qui m'a dit que Terry était parti avec vous à Auckland.

— D'accord, je le ferai dès que je le vois, c'est terrible, merci de m'avoir prévenu, je ne connaissais pas Ewan, en fait je ne l'avais vu que quelques instants lors du trek de l'autre jour, mais c'est sûr que cela fera un choc à… oui, enfin je veux dire à Terry, se met à bredouiller Tom, qui commence à s'empêtrer à nouveau, il préfère abréger :
— Bonne journée, Anthea, dit-il d'un ton aussi neutre que possible avant de raccrocher.

Il s'affale de tout son poids dans le gros fauteuil cuir du hall qui souffle de surprise, ses jambes tremblent encore un peu, il tente de rassembler ses esprits, pour lui la mort de Ewan n'est pas un accident, la coïncidence serait trop fortuite, donc on est passé à trois morts.
Il s'interroge sur l'identité du meurtrier de Ewan, cela peut-il être le même que celui de Terry ? Si l'assassin de Ewan a agi hier dans la matinée, aucun problème pour être à Auckland en fin de journée. Comme il n'a aucune idée de qui se cache derrière ces meurtres, Tom est maintenant inquiet de tout et de tous.

Il relève la tête et voit la réceptionniste debout devant lui, elle attendait la fin de sa communication :
— Votre facture est prête, Monsieur Randal.
Tom se rend compte tout d'un coup qu'il a un énorme mal de tête, on va faire avec, il se lève, suit l'employée jusqu'au comptoir, donne sa carte de crédit, paie, empoche la facture :
— Pour votre ami, vous savez déjà si vous payez aussi, ou bien il reste encore ce jour ?

Il la regarde d'un air halluciné cherchant la bonne réponse :

— Je vous ai déjà dit, je ne l'ai pas vu depuis hier après-midi, vous verrez avec lui quand il se lèvera ce matin, n'est-ce pas ?

Tom retourne s'asseoir dans le hall et appelle Lynn qui enfin décroche :

— Mais vous êtes matinal, Tom !

— Lynn, si vous permettez que je vous appelle ainsi, je regrette mais je ne peux plus poursuivre ma mission…

— Quoi, déjà, il vous arrive quoi ?

— Ce matin, j'ai vu la police et les pompiers repêcher le corps de Terry dans les eaux du port.

— Quoi ? Vous êtes certain ?

— Malheureusement oui, en plus, la logeuse de mon lodge à Turangi m'a appelé ce matin pour me dire que Ewan, l'ami de Terry, a été retrouvé noyé dans le lac près de sa propriété hier, puis aussi que ma chambre dans son lodge de Turangi avait été cambriolée la nuit précédente !

— Mais tout cela est lié ? C'est incroyable !

— Ce n'est pas tout, l'affaire prend une tournure macabre, avec trois morts violentes, Quentin, Terry et Ewan, en plus cette nuit on a frappé à ma porte, quelqu'un a tiré dans l'œilleton de ma porte pour me tuer.

— Quoi ? Vous n'avez pas été blessé, j'espère.

— Non, mais c'est plus que stressant !

— Vous avez pu distinguer l'agresseur ?

— Non, mais là c'est trop, je veux bien faire des enquêtes, mais je ne suis pas James Bond, je tiens à revenir entier en France, je démissionne, je n'en peux plus, en plus la police ne va pas tarder à m'interroger, c'est moi qui ai loué les deux chambres à mon nom.

— Tom, calmez-vous, voyons, je suis dans Auckland, je pars tout à l'heure à Te Anau, je vais vous emmener avec moi. Je m'occupe de vos dépenses et vous rémunère aussi pour ces journées avec moi. Je passe vous prendre vers onze heures à votre hôtel, soyez prêt. Lynn raccroche.

Tom se dit que tant qu'à faire, autant la suivre, il sera sans doute plus en sécurité, cela montrera au tueur qu'il n'enquête plus seul.

Les émotions l'ont creusé, il se dirige vers la salle de petit déjeuner. En traversant le hall, il voit deux hommes en discussion avec le concierge, ce dernier pointe le menton vers lui, en guise de signe pour ces hommes. D'un pas énergique, ils se portent à sa rencontre en lui coupant la route du petit déjeuner.

Tom se persuade quand même qu'il ne peut s'agir des tueurs, en plein jour, dans un lieu public, donc c'est sans doute la police, mais ce n'est guère mieux, car comment se justifier ?

— Mr Randal ?

— Oui, murmure Tom d'une voix incertaine.

— Nous sommes de la police criminelle d'Auckland, annonce l'un d'eux en tendant une carte de police, nous souhaitons vous interroger un moment, veuillez nous suivre.

— Mais j'ai un avion à prendre à onze heures, on vient me chercher.

— Nous devrions sans doute être de retour à votre hôtel, enfin j'espère pour vous, répond celui qui fait figure de chef, d'un ton sec qui clôt la discussion.

Sans ménagement, ils l'entraînent dehors où les attend une Holden noire, avec un chauffeur qui a déjà lancé le moteur. Ils s'installent tous les trois à l'arrière, Tom au milieu entre les deux policiers plutôt costauds qui doivent bien sûr faire du rugby :

— Nous n'allons pas loin, nos bureaux sont dans Vincent Street, entre Queen Street et Hobson Street, précise le plus jeune, comme si Tom connaissait le plan d'Auckland par cœur.

Tom se demande s'il ne rêve pas, il est peut-être dans un de ces films en noir et blanc, il se promène le matin et voit un corps repêché, il rentre à l'hôtel, on lui tire dessus à travers la porte, la police l'embarque, il s'attend à voir Louis Jouvet l'interroger. Non, il faut qu'il se calme !

Pas un mot n'est échangé, peu de trafic dans les rues, la voiture quitte la zone du port, en quelques minutes ils arrivent à destination, la voiture se gare dans la cour d'un immeuble sans grâce, d'une demi- douzaine d'étages, en briques rouges, sans doute des années trente, un peu vieillot.

Tom se souvient avoir lu dans une brochure trouvée dans un des vols pris récemment que le plus ancien bâtiment en Nouvelle- Zélande, devait dater des années 1850, cela doit faire drôle d'habiter un pays avec si peu de racines historiques, mais il est rappelé à la réalité par un des policiers qui lui lance « nous sommes arrivés ».

Les policiers s'extirpent de l'auto en compagnie de Tom, entrent dans l'immeuble par une porte sécurisée, saluent le garde, montent à pied deux étages par un escalier d'époque, en bois. Après un long couloir qui sent le renfermé, ils arrivent à leur bureau, ambiance des films américains d'avant-guerre (la 2e guerre mondiale, faut-il préciser maintenant, avec toutes ces époques troublées), des lampes de bureau datées, mais quand même un ordinateur sur chaque table de la pièce. Ils demandent à Tom de s'asseoir sur une chaise en bois en face de celui qui semble être le chef et qui se présente :

— Inspecteur Gibbson, et voici mon adjoint Donovan, vous savez pourquoi vous êtes là, Mister Randal ?

— Non, répond sans hésitation Tom qui se redresse, prêt à se défendre bec et ongles.

Ce Gibbson doit bien avoir cinquante ans, carrure large, un petit ventre, les cheveux courts, l'air peu commode, plutôt rugueux, bourru dans son travail. Donovan, au moins dix ans de moins, semble à Tom plus humain, ouvert, on doit pouvoir discuter avec lui. Donovan est plus grand, mince, chevelure bouclée, un regard plus franc que Gibbson pour qui tout le monde doit être coupable a priori.

Gibbson réfléchit par où commencer, il jette un regard à Donovan, assis à son propre bureau, qui ne réagit pas, alors il entame :

— Vous connaissez bien sûr Terry Blumfeld ?

— Oui, enfin je l'ai vu il y a deux jours pour la première fois.

— Alors dites-nous, s'il vous plaît, comment et pourquoi vous l'avez rencontré.

Tom a deux options, soit noyer le poisson dans l'eau, du port d'Auckland bien sûr, soit tout dire.

La première option nécessite un montage soigneux où il ne devra pas se recouper. Il pourrait raconter qu'il avait fait du tourisme de montagne avec Terry, qu'il avait sympathisé avec lui, puis qu'il voulait l'emmener visiter Auckland, après, voilà, Terry avait disparu on ne sait où.

Les policiers savaient-ils déjà qu'on avait tiré dans sa porte d'hôtel ? Faut-il en parler ? Tom ne le pense pas.

Le cas d'Ewan, lui, ne leur était certainement pas connu à l'heure présente, pour l'instant cette noyade a dû être traitée comme un accident par la police locale de Turangi, donc aucune raison de remonter tout cela jusqu'aux collègues d'Auckland. D'ailleurs Tom a un alibi, puisqu'il était en route pour Auckland ce jour-là.

— Mister Randal, vous méditez ?

Là, Tom se rappelle que dans son sac de voyage resté près du concierge il y a le dossier de Lynn avec tous les détails sur Terry. Son sac est peut-être déjà entre leurs mains, il ne se souvient plus s'ils ont embarqué ses affaires de voyage. Sans compter l'autre petit sac avec les documents de Terry qu'il a laissé à la bagagerie de l'hôtel, mais qui, lui, est « anonyme », juste le ticket de consigne dans son portefeuille qui le relie à ces documents.

Zut, se dit Tom, on me tire dessus, déjà trois morts, si je me mets en plus la police sur le dos, je ne vais jamais m'en sortir, alors sauve qui peut !
—Vous comprenez l'anglais, Mister Randal ? s'impatiente Gibbson.

Tom hoche la tête, puis soudain il se décide car il vient de constater que son sac de voyage n'était pas dans le bureau, donc ils ne l'avaient sans doute pas.
Tom choisit, à la seconde, de leur décrire une option très édulcorée, qui à vrai dire les laisse de marbre :
—Donc vous ne savez pas si Terry est encore vivant ? interroge Donovan après que Tom ait fini son exposé.
—Non, pourquoi, il lui est arrivé quelque chose ?

Les deux policiers se regardent, sans échanger un mot, puis Donovan reprend :
—Charmante histoire, Mister Randal, bon, le côté randonnée pourquoi pas, mais c'est à Auckland que les choses se corsent. Que vous ayez perdu de vue dans l'après-midi Terry, peut-être, mais...
—Mais vérifiez, j'ai même laissé des messages chez le concierge à son attention, je le cherchais !
—Bien sûr, mais cela ne prouve rien, cher monsieur. Chose plus troublante, ce matin, lorsque le corps de Terry a été repêché, car oui, il a été retrouvé noyé dans le Viaduct Basin, notre équipe qui prend en photo les scènes de crime a aussi pris en photo le quai au moment de la remontée du corps, avec les quelques curieux qui assistaient d'un peu plus loin, vous en faisiez partie, Mister Randal, nous venons de le vérifier sur la photo que je tiens en main, alors qu'en dites-vous ?

Tom sent la sueur perler sur son front, il sait qu'il joue sa dernière carte, il n'avait pas prévu le coup de la photo, bon, on garde le cap, ne pas hésiter, feindre la stupeur :

— Quoi ? non, vous voulez dire que… Terry, Terry ? C'était lui qu'on ramenait hors de l'eau ?

— Ah ! vous ne l'aviez pas reconnu ? Au fait pourquoi votre présence sur ce quai à cette heure si matinale ?

— Oh mais c'est très simple, ma chambre a des vitres qui vont jusque par terre, comme j'avais oublié de fermer mes rideaux j'ai été réveillé très tôt dès le lever du jour. Alors, je décide d'aller faire mon jogging comme chaque jour où je le peux, je vois ces gyrophares qui me donnent un but de promenade, du coup je me retrouve là près de cette scène, dans la faible clarté du jour, vous pensez bien que de loin il était impossible de reconnaître le corps, d'autant que je ne cherchais même pas à l'identifier, n'ayant aucune raison de penser pouvoir le connaître !

Tom s'arrête, se disant pour lui-même « n'en fais pas trop non plus ».

Gibbson et Donovan se demandent par quel bout prendre ce témoin qui, ils en sont persuadés, les mène en bateau (sur le port…). Mais ils n'ont pas encore assez d'éléments dans ce dossier, ils l'ont interpellé trop tôt dans l'enquête :

— Veuillez me montrer votre passeport, Mister Randal.

Tom s'exécute et le tend à Gibbson :

— Ah vous êtes arrivé il y a quelques jours ! il faut que je fasse une vérification, je le garde un jour ou deux, d'ici là je ne pense pas que vous souhaitiez quitter notre territoire ?

— Faites comme vous voulez, cela n'a pas d'importance, grommelle Tom en hochant la tête et en fusillant Gibbson du regard.

— Au fait quelle est votre activité, en France ?

— Mon activité ? bredouille Tom, je suis… enquêteur privé.

— Vous voulez dire détective privé ?

— Si vous voulez…

— Vous savez, Mister Randal, que depuis l'affaire du Rainbow Warrior, les pseudo-détectives français ne sont pas les bienvenus en Nouvelle-Zélande, en plus leur activité dans le port d'Auckland n'a pas laissé de bons souvenirs, alors êtes-vous aussi au service de la DGSE ?

— Mais pas du tout, vous n'y pensez pas ! s'insurge Tom qui ne sait plus comment s'en sortir.

Gibbson soupire, jette un œil à Donovan, revient sur Tom avec un air dur :

— Je garde votre passeport pour quelques vérifications, la situation ne plaide pas en votre faveur.

— Mais je pourrais en avoir besoin prochainement !

— Nous restons bien sûr en contact, Mister Randal, voici ma carte, vous pouvez me joindre à tout moment si un détail vous revient, nous allons vous ramener au Sofitel. Vous m'avez dit que vous partiez vers où déjà ?

— Je ne vous l'ai pas dit… je vais à Te Anau, en prenant d'abord un vol jusqu'à Queenstown.

À cet instant le téléphone sonne dans le bureau, Gibbson décroche, écoute longuement, ponctue juste de « ah bon » ou « vous êtes sûr ? » et pour finir d'un « merci ».

Il se tourne vers Tom :

— On m'avertit que la chambre de Terry a été un peu fouillée.

— Ah bon ?

— Oui et surtout que quelqu'un a tiré une balle dans votre porte !

— Je ne comprends pas, vous voulez dire ?

— Oui, étiez-vous dans votre chambre à ce moment-là ?

— Quand on a tiré ? bien sûr que non, je l'aurais entendu, mais quelle drôle d'idée.

— N'est-ce pas ! acquiesce Gibbson, avec un petit sourire très british.

— Dans quel but ?

— Sans doute pour vous descendre, non ? insiste Gibbson qui cherche à provoquer Tom.

— Vous plaisantez ? je n'ai pas d'explications, mais cela a dû arriver après mon départ de l'hôtel, forcément.

— Figurez-vous que la balle a traversé la porte, car le type a visé l'œilleton, là où la porte est évidée, elle a fini son chemin dans la fenêtre qui a été endommagée, sans toutefois se briser.

— Intéressant, balbutie Tom qui souhaite tant que s'arrête cette discussion.

— Figurez-vous que nous avons des caméras qui enregistrent les quais, par sécurité, notamment les abords de l'hôtel, donc les façades vitrées, en particulier donc votre chambre.

Gibbson fait une pause pour apprécier les effets de ses révélations sur le visage de Tom, qui fait un terrible effort pour rester impassible, il reprend :

— Nous devrions au plus tard demain savoir à quelle heure cette balle a percuté la fenêtre de votre chambre, peut-être même retrouver la balle !

— Tant mieux, balance Tom qui se sent comme un funambule au-dessus du Grand Canyon.

— Je vous dis donc à très bientôt et bon voyage vers Queenstown, Donovan va vous raccompagner.

Tom et Donovan redescendent les deux étages, du monde se presse maintenant dans l'escalier, des uniformes, des carrures, des Hello ! et des Hi !, Tom respire un peu mieux, il est content de s'en sortir à bon compte, au moins pour l'instant, il faudra qu'il pense à récupérer son passeport, car enfin ils n'avaient aucun motif valable pour le lui subtiliser, la seule raison était de l'empêcher de quitter la Nouvelle-Zélande, donc c'est qu'ils sentent en lui un coupable, mais qu'ils n'ont pas encore de preuves…

La même Holden noire les ramène au Sofitel, Donovan est assis devant à côté du chauffeur et Tom derrière qui se détend un peu.

En sortant de la voiture, Tom salue Donovan, qui lui tend sa carte de visite et dit :

— Jim Donovan, voici mon numéro de portable, n'hésitez pas, je vous prie, si vous êtes en difficulté, appelez-moi, cette histoire n'est pas terminée et nous avons besoin de vous pour avancer dans notre enquête, le tout prononcé avec un sourire encourageant.

Tom le remercie, puis se dirige lentement vers le bureau du concierge près de l'entrée, où il retrouve Rémy le bagagiste. Sous l'œil soupçonneux du chef concierge, Rémy lui apprend en français que la police le cherchait :

— Oui, c'est bon, Rémy, ce sont eux qui m'ont ramené, ils voulaient juste avoir des détails sur le guide qui m'accompagnait.

— Monsieur, il y a aussi un enquêteur qui a fouillé les deux chambres, paraît-il, enfin c'est ce qu'on raconte dans le service, et quelqu'un aurait tiré sur votre porte.

— Oui, je sais, la police m'en a parlé, mais c'est arrivé après mon départ, vous savez, Rémy, réplique Tom d'un air qui se veut bonhomme, au fait, Rémy, j'avais laissé mon sac et ma valise à côté du bureau du concierge et…

— Oui, ils sont toujours là, ne vous inquiétez pas, je vous les cherche.

Rémy fait le tour du bureau et dit en anglais à son chef qu'il va récupérer les sacs pour son client, puis il revient les tendre à Tom qui le remercie et ajoute « on doit venir me chercher, je vais attendre dans le hall, venez m'appeler quand on me demandera ».

Tom va s'asseoir dans ce gros fauteuil cuir qui le connaît bien maintenant, ouvre son sac cabine qui n'était même pas verrouillé, il en sort le dossier de Lynn contenant des photos de Terry, les coordonnées de l'agence de trekking de Terry et cette curieuse lettre de la NorthWestern Bank d'Auckland par laquelle un conseiller bancaire a écrit à « *Madam* Dervaux, Paris » à l'adresse de l'hôtel particulier où Quentin et elle avaient habité conjointement, demeure que Quentin avait laissée à Lynn lors de leur séparation.

Dans cette lettre, ce conseiller bancaire faisait part de sa suspicion : l'accident de Quentin, accompagné du guide Terry Blumfeld, ayant fait la une des journaux, il s'était souvenu que ce Terry avait ouvert un peu avant l'accident un compte dans leur banque, il avait déposé une grosse somme en cash. Le même montant avait curieusement été retiré quelques jours auparavant d'un autre compte, dont ce conseiller donnait les coordonnées. Enfin, écrivait-il, cet autre compte avait préalablement été approvisionné par un virement en provenance d'un compte off-shore. Ce conseiller bancaire signait Benjamin Brandon.

Tom se demande s'il ne devrait pas immédiatement se débarrasser de ces documents qui ont pris, avec la tournure des évènements, un aspect compromettant.

Il repère les coordonnées de la banque dans la lettre de ce Brandon, alors il change d'avis et choisit plutôt d'appeler la banque en demandant à parler à ce Brandon :

— C'est de la part de qui, je vous prie ?

— Mon nom est Randal, et il l'épelle.

— Mister Randal, désolé mais mister Brandon ne fait plus partie de notre établissement.

— Ah et vous pouvez m'indiquer où je puis le contacter ?

— Un instant, fait le standardiste, je vous passe le service des ressources humaines (expression qui fait toujours sourire Tom).

Après un court moment, Tom entend un nouvel interlocuteur :

— Mister Randal ?

— Oui.
— Quelle est la nature de votre contact avec mister Brandon ?
— Je cherche à le contacter au sujet d'une lettre qu'il a adressée à mon employeur.
— Ah c'est donc professionnel ?
— Oui, bien sûr.
— Voulez-vous que je vous passe la personne qui a repris son poste ?
— Je préférerais joindre mister Brandon lui-même.
— Hum hum cela va être difficile, n'est-ce pas…
— Pourquoi, je vous prie ?
— Il est décédé, voyez-vous.
— Comment ? mais quand ? sa lettre date d'il y a à peine quelques semaines.
— La semaine dernière.
— Dans quelles circonstances ?
— Pour cela vous devriez plutôt vous rapprocher de la police, n'est-ce pas.
— Ah ce n'est pas une maladie ou un accident.
— Non, pas vraiment.
— Bien je vais voir la police, avance Tom qui n'en pense pas un mot, ensuite je passerai sans doute vous voir pour la suite du dossier qu'il étudiait pour nous.
— À votre service.

Encore une piste qui s'effondre, mais Tom se promet de passer à cette banque voir s'il reste des traces de l'investigation de ce Brandon.

Tout à ses pensées concernant son attitude pour la suite, il ne voit pas s'approcher un chauffeur qui se plante devant lui :
— Madame Dervaux vous attend, monsieur.

Tom sursaute, rassemble ses affaires, se lève sans trop de précipitation, car il se sait observé, sort en saluant amicalement Rémy et se dirige à la suite du chauffeur vers une Mercedes S noire. Le chauffeur lui ouvre la portière arrière, il se baisse pour entrer, voit Lynn et au fond une autre personne. Il y a largement la place pour trois personnes, alors il entre et s'assied à côté de Lynn qu'il salue.

Lynn se tourne vers la gauche, et dit :
— Marijo, je te présente Tom Randal qui fait quelques démarches administratives pour moi.
— Enchanté, Marijo, fait Tom qui dévisage la fille de Lynn.

Vêtue d'un bustier blanc et d'une minijupe bleue, Marijo, blonde aux cheveux courts, avenante, porte allègrement ses 27 ans, pour autant que Tom puisse en juger, elle est plutôt de taille moyenne, environ 1m70, et fine. Elle regarde l'intrus :
— Ah maman, c'est ton nouvel aide de camp ? c'est Robert qui ne va pas être content.
— Mais enfin, Marijo, ne dis pas de bêtises. Tom est venu spécialement de France pour régler quelques questions concernant le décès de ton père, voilà tout.
— Tom, je peux vous appeler Tom ? dit Marijo en souriant, bienvenue en Nouvelle-Zélande alors, si vous avez besoin de conseil, n'hésitez pas, j'habite ici depuis deux ans déjà et je connais un peu le pays, un pays magnifique d'ailleurs.

— Merci, sourit Tom en détaillant les charmes étalés de Marijo.

La limousine progresse en silence vers l'aéroport. Le trafic est peu dense, les quartiers traversés, une fois quitté le centre, sont de peu d'intérêt.

Tom reprend :
— Marijo, vous étiez en Nouvelle-Zélande lors de l'accident de votre père ?
— Oui, mais je n'ai appris son décès que quelques jours plus tard.
— Vous aviez vu votre père avant le trek ?
— Oui, il venait de Te Anau, où il avait acheté une maison. Il était avec Natasha, vous la connaissez ?
— Non.
— C'est une bombe slave, ah pardon, maman.
— Tu veux dire une pute, rétorque Lynn qui la fusille du regard.
— Bon, disons qu'elle est bien foutue, sportive, corps entretenu, relance Marijo, elle venait de faire un trek sur le Kepler trail avec papa, lui adorait cette région.

Le ton de Marijo a énervé Lynn, ce qui n'empêche pas Tom de poursuivre ses investigations, il s'adresse à Lynn :
— Dites-moi, vous étiez séparés, mais cependant toujours mariés ?
— Non, en fait je ne voulais pas, quand nous nous sommes rencontrés à Paris l'autre jour, entrer dans des détails qui n'ont rien à voir avec votre enquête, mais pour être claire, je vous précise que notre divorce a été prononcé en fait le…, voyons,

oui, le 10 juillet, donc environ 3 mois avant l'accident de Quentin.

— Mais alors, cela change des choses au point de vue du testament supposé de Quentin Dervaux ?

— Je ne pense pas car on était déjà en séparation de biens, j'ai mes actions du groupe et mon hôtel particulier de Paris, mais le notaire adjoint, Robert Delamontagne...

— Oui, le fameux Robert dont je vous ai parlé, intervient Marijo.

— Cela suffit, Marijo, donc je disais que Robert est arrivé en Nouvelle-Zélande, il souhaite de toute urgence me rencontrer pour faire le point de ma situation au sein de la société, m'a-t-il dit au téléphone, avant que nous rencontrions le groupe Greenstone.

— Greenstone ? Ah oui, je crois que vous m'aviez cité ce nom à Paris lors de notre entretien, précise Tom, c'est bien cette grosse société qui a fait une offre de rachat de Nirwan ?

— Oui, en fait, c'est Robert qui veut organiser ce meeting entre Greenstone, Marijo et moi pour clarifier nos situations d'actionnaires, comme nous sommes en Nouvelle-Zélande, c'était l'occasion pour Greenstone de venir ici depuis Los Angeles.

— Oui, un saut de puce, balance Tom pour se décontracter un peu après la tension de l'interrogatoire des policiers.

— Quoi qu'il en soit, intervient Lynn qui n'a pas relevé, je vous explique notre programme, nous allons prendre l'avion pour Queenstown, puis la voiture, ce soir nous serons arrivés à Te Anau, dans un lodge au bord d'un lac qui s'appelle aussi Te Anau. Demain il y a dispersion des cendres de Quentin sur le lac, conformément aux volontés que celui-ci avait mentionnées dans un codicille, puis après-demain nous rencontrons le groupe Greenstone qui veut se porter acheteur de la majorité de notre groupe, sinon de la totalité.

Ils ont quitté le centre-ville et maintenant la limousine se fraie un chemin par des rues hérissées de feux de circulation, la progression en est considérablement ralentie.

Tom trouve le résumé de Lynn un peu confus :

— Mais qui est actionnaire majoritaire ? demande-t-il.

— Personne n'est majoritaire tout seul, répond Lynn, mais le décès de Quentin a rebattu les cartes, si je puis parler ainsi. Je pense, mais Robert nous le confirmera, que les 40 % d'actions de Quentin sont allées à sa fille, à toi Marijo, ce qui te fait 40 %, et comme moi j'ai toujours mes 20 %, nous avons 60 % à nous deux, soit l'ancienne majorité de la famille Dervaux.

— Donc, poursuit Tom, Ingmar Lundqvist n'est pas directement concerné, avec ses 40 % ?

— Oui et non, fait Lynn, d'abord oui, bien sûr Ingmar tout seul n'est pas majoritaire, mais il est quand même directement concerné par une transaction dans la mesure où il est le seul dirigeant actuel et du fait que Greenstone (ou tout autre acheteur éventuel) ne voudrait pas d'une société décapitée, Ingmar a un rôle à jouer, en dehors de sa participation de 40 %. Ceci dit, nous avons eu de nombreuses discussions avec Greenstone, je résume donc : il y a trois mois, Quentin et Ingmar avaient sur la table une proposition de Greenstone, qui portait sur un achat de la majorité pour 420 millions environ, ou à défaut de 490 millions pour la totalité. Autant dire que la part minoritaire n'intéressait guère Greenstone.

Tom tente de cacher sa surprise devant la somme astronomique citée sans émotion par Lynn, c'est un monde qu'il ne connaît pas, ces gens qui prennent l'avion comme d'autres le vélo, ou qui achètent un manoir comme d'autres un paquet de cigarettes, surtout ne pas se laisser dépasser par la situation...

Il se met à calculer de tête, car il ne comprend pas les sous-entendus, ni la stratégie de Greenstone, ni celle des actionnaires :

— Arrêtez-moi si je me trompe : si à l'époque, Quentin et vous Lynn aviez vendu votre majorité, vous touchiez par exemple 420 millions à deux.

— On peut voir les choses ainsi, mais ce n'est pas la réalité de l'époque, d'un côté Quentin ne voulait plus s'associer à moi pour la vente, sans doute poussé par sa... enfin Natasha, et d'un autre côté Ingmar ne voulait certes pas de la vente de juste un bloc majoritaire dont il aurait été exclu.

Un silence à couper au couteau s'installe, Tom sent qu'il est allé un peu trop loin, Lynn se mord les lèvres d'en avoir peut-être trop révélé.

Tom préfère donc changer de sujet :
— Vous parliez de cendres à disperser sur le lac, cela veut donc dire que Quentin a été incinéré ?
— Oui, c'était sa volonté, Marijo a assisté à la crémation.
— Natasha était là aussi, ajoute Marijo, toute en retenue, mais Lynn ne réagit pas.

Voilà beaucoup de points à éclaircir, se dit Tom qui poursuit cependant :
— Robert Delamontagne travaille donc plutôt pour vous, Lynn, ou bien pour votre groupe et alors aussi pour Ingmar ?

— Il travaillait essentiellement pour mon mari en tant que dirigeant du groupe, il s'est aussi un peu occupé de nos affaires privées, mais je dirais qu'il n'y a à priori pas de conflit d'intérêts dans son action, à mon avis en tous cas.

— Et si Ingmar n'est pas de votre avis en cas de cession des parts ?

Lynn réfléchit à cette éventualité qui ne lui avait pas traversé l'esprit, fronce les sourcils puis termine :

— Nous verrons cela avec lui demain au plus tard, conclut-elle.

La Mercédès arrive au terminal domestique d'Auckland Airport. Le chauffeur gare la voiture le long du trottoir, sort les bagages, aide Lynn et Marijo, tandis que Tom saisit lui-même sa valise et son sac.

Soudain il pense au sac de Terry oublié à la bagagerie de l'hôtel :

— Zut, j'ai oublié un sac à l'hôtel, ai-je le temps d'y faire un saut et de revenir ?

— Certainement pas, coupe Lynn, l'avion décolle dans vingt minutes ! mais je pourrai envoyer quelqu'un qui l'expédiera à Queenstown.

Tom n'insiste pas, car il ne veut surtout pas non plus que Lynn ou une autre personne s'occupe de son sac, non fermé à clé, avec les documents de Terry, qu'il n'a même pas encore eu le temps de compulser.

Le chauffeur imprime en trois clics, sur la borne électronique d'enregistrement, les billets et les étiquettes bagages, puis le groupe se déplace vers la porte d'embarquement.

Tom s'arrête, frappé de stupeur, il vient de se rappeler qu'il n'a pas non plus son passeport, resté aux mains de la police d'Auckland, déjà Lynn se retourne vers lui : « eh bien Tom, vous venez ? »

Marijo lui sourit :
— Vous hésitez à faire le voyage avec nous deux ? c'est laquelle que vous préférez ? Robert, lui, n'a pas pu choisir, il a pris les deux.
— Mais Marijo, que racontes-tu ? tu es infernale !
— Maman, autant que tu le saches, mais Robert m'a invité un jour à dîner à Paris, je l'ai remercié à ma façon, oh juste un coup rapide chez lui le soir.

Lynn est outrée : « arrête tes horreurs, Marijo, et embarquons ».
Lynn tend à Tom sa carte d'embarquement, les trois voyageurs passent le contrôle sans qu'on leur demande de carte d'identité ou de passeport, cool la Nouvelle-Zélande ! Tom respire et reprend ses esprits.

Il faut dire qu'avec 4 millions d'habitants répartis sur un ensemble de 2 grandes îles, qui de la pointe nord de l'île du Nord jusqu'à Stewart Island figurant la pointe sud de l'île du Sud, il doit bien y avoir 2 000 kilomètres, cela fait au total très peu d'habitants au kilomètre carré, d'où cette impression de pays « easy going », où on ne se prend pas trop la tête.

Ils font quelques mètres pour accéder à un couloir qui les mène dehors où les attend une hôtesse au pied de l'avion, un Airbus A320. Sur la passerelle d'embarquement, Marijo s'arrête et se tournant vers Tom lui demande, avec un grand sourire plein de sous-entendus, s'il préfère s'asseoir à côté de la mère ou de la fille : « mettez- vous ensemble, je prends l'autre côté de l'allée », répond Tom, sur ses gardes.

Vol sans histoire d'environ deux heures, leçon de géographie, suivie par Tom qui lit en même temps la brochure trouvée dans la pochette devant son siège, avec d'abord un survol du sud de l'île du Nord, la région de Taupo et du fameux Tongariro, ainsi que du mont Egmont – encore un volcan, au loin vers l'ouest, puis du nord de l'île du Sud, avec justement Blenheim, où travaille Marijo, et les Marlborough Sounds, des anciennes vallées envahies par la mer, puis le Aoraki/Mont Cook qui culmine à près de 3 800 mètres.

Tom profite de ce moment de tranquillité pour essayer de faire le point de la situation. Bien sûr la famille Dervaux se concentre sur cette cérémonie de dispersion de cendres, puis sur le règlement de leur situation financière au sein de Nirwan, mais la question pour Tom est plutôt de comprendre comment son enquête sur le meurtre, il n'hésite plus à penser ainsi « l'accident », de Quentin peut éventuellement se rattacher à la transaction en cours des participations dans Nirwan.

Lynn est près de lui, juste de l'autre côté de l'allée, mais il ne pourra lui parler en détail des trois meurtres et de la police que dans un cadre beaucoup plus isolé. D'ailleurs il se demande si Marijo peut être mis dans la confidence de son enquête.

Un vent violent chahute un peu avion et passagers à l'approche de l'aéroport de Queenstown. Il est environ 15 heures quand ils débarquent de l'Airbus.

Tom avait remarqué que Marijo était partie, pendant le vol, aux toilettes avec un sac, elle en était revenue changée, le bustier avait disparu sous un gros pull en laine mérinos-opossum, et la mini-jupe avait cédé la place à un pantalon en velours côtelé.
Quand ils sortent de l'avion, un vent très froid les accueille sur la passerelle, Tom ressent tout de suite qu'en venant de faire environ mille kilomètres vers le sud ils se sont approchés encore plus de l'Antarctique.

Dans l'aérogare, un homme d'une quarantaine d'années leur fait de grands signes. En costume et cravate – tenue inconnue en dehors de la capitale – bronzé, grand, une chevelure noire élégamment plaquée sur le crâne, Robert Delamontagne les accueille d'un sourire professionnel. Lynn fait les présentations, Tom et Robert se jaugent.

Marijo embrasse Robert de façon ostentatoire, tandis que Lynn lui fait la bise d'un air pincé. Marijo cherche tout de suite à taquiner sa mère:
—Bon, Tom et moi, on vous laisse, les tourtereaux, on va…
—Marijo, cela suffit, tes blagues, Robert va nous emmener au lodge.

Robert intervient avec un petit air soucieux :

— Lynn, je dois te parler encore aujourd'hui, c'est important.

— Eh bien, tu me parleras pendant le trajet vers le lodge.

— Mais c'est plutôt confidentiel, fait Robert en glissant un regard vers Tom.

— Robert, je comprends, mais au point où j'en suis, et vu les missions que j'ai confiées à Tom, je crois qu'il peut tout écouter.

Robert reste de marbre, face à celui qu'il classe déjà comme un concurrent, un obstacle, ou un empêcheur de tourner en rond. Mais comme c'est Lynn qui a donné le feu vert et qu'il ne doit pour l'instant pas lancer d'escarmouches, il poursuit :

— Bon, cherchons les valises, le minibus nous attend avec son chauffeur, nous avons quatre places à l'arrière qui se font face, deux à deux.

L'aéroport est de taille moyenne, les voyageurs ont plutôt des allures de sportifs, d'immenses affiches placardées aux murs informent les arrivants que Queenstown, capitale de la neige, avec ses pistes sur les montagnes qui entourent la ville, est aussi la capitale des sports extrêmes, proposant toutes les formes de frissons, saut à l'élastique, descentes de rapides et autres divertissements du même genre.

Dehors un froid vif saisit les voyageurs, moins de 10° en cette fin de printemps austral.

Lynn s'installe dans le minibus sur la banquette du fond, face à la route, Robert s'assied à côté d'elle, tandis que Tom et Marijo occupent la banquette dos au sens de la marche. Marijo, mutine, se glisse à côté de Tom qu'elle frôle ostensiblement. Tom lui sourit involontairement.

Tandis que le chauffeur démarre, Robert s'éclaircit la voix :
— Bien alors, Lynn… par où commencer ?
— Tu m'inquiètes, Robert, que se passe-t-il ?

Robert a ouvert sa veste et desserré un peu sa cravate, il prend sa respiration et se lance :
— Bon, écoute-moi tranquillement, ne t'énerve pas, cela ne servira à rien.
— Alors accouche, balance sèchement Lynn énervée par le préambule de Robert.

Robert plonge son regard dans ses yeux :
— Quentin s'est marié avec Natasha environ deux semaines avant son accident.

Silence complet dans la voiture, puis Lynn éclate, comme Robert s'y attendait :
— Quoi, non, ce n'est pas vrai ! et c'est maintenant que tu me le dis ? mais tu es fou ? et quelles conséquences pour notre réunion d'après-demain ? et qui a le testament de Quentin ? toi ? et que dit-il ? mais pourquoi, mais pourquoi ?

Lynn est furieuse, s'agite sur son siège, roule des yeux vers Marijo, brasse l'air de ses mains, puis soupire et se tasse sur son siège comme démoralisée.

Robert attend qu'elle se calme un peu, regarde Marijo, jette un coup d'œil vers Tom – quantité négligeable, il soupire :

— Il s'est marié ici, en Nouvelle-Zélande, nous n'avons eu son contrat à l'étude à Paris qu'il y a une semaine, le temps que je l'étudie, tu étais déjà partie à Auckland.

— Quels sont les termes importants à connaître ? interroge Lynn.

— En gros, précise Robert, c'est très simple, Natasha et Marijo héritent moitié moitié.

— Moitié… mais alors Natasha est actionnaire de Nirwan avec 20 % des parts, la moitié des 40 % de Quentin ?

— C'est exact, ponctue Robert.

— Mais Marijo et moi n'avons alors plus que, voyons 20 pour moi plus 20 pour Marijo, donc 40 % des parts ??? nous ne sommes plus majoritaires ?

— C'est toujours exact, toussote Robert.

— Et c'est tout ce que tu trouves à dire ?

— Mais qu'y puis-je ?

— Dans notre réunion prochaine avec Greenstone, qui vont être maintenant les majoritaires vendeurs ? demande Lynn.

Robert s'octroie une pause, c'est un moment délicat, mais autant poursuivre et crever l'abcès :

— C'est là tout le problème, même si j'ai envie de dire que c'est presque assez simple.

— Oui, parle pour toi, Robert, tu aimes trop les chiffres.

— C'est quand même assez simple : pour la majorité, il n'y a que deux possibilités, la première c'est Ingmar, qui a 40 %, s'allie avec l'une des trois femmes au choix, toi Lynn, ou

Marijo ou Natasha, donc pour dépasser les 50 %, et la deuxième possibilité...

— Non, Robert, intervient Lynn.

— Si, Lynn, poursuit imperturbable Robert, la deuxième possibilité c'est vous les trois femmes ensemble.

— Ensemble, mais tu rêves !

— Non, à trois vous dépassez aussi les 50 %, toi Lynn 20 %, Marijo 20 % et Natasha aussi 20 %, cela fait au total 60 %. J'énonce simplement les deux options, sachant que la première option se compose de trois... variantes, Ingmar et toi, ou Ingmar et Marijo, ou Ingm...

— Non mais attends, il faut reporter cette réunion avec Greenstone, on ne va jamais y arriver comme cela.

Un lourd silence s'est installé dans la voiture, même Marijo qui aime plaisanter s'aperçoit que le séjour à Te Anau va être plutôt mouvementé.

Personne n'a songé à admirer le paysage bucolique qu'ils viennent de traverser, des collines vertes entourées de petites montagnes, des rivières paisibles, des prés envahis de moutons, même une ferme de cerfs altiers.

La voiture s'arrête devant le Fjordland lodge, ils sont finalement arrivés à destination sans un coup d'œil non plus au passage à la ville de Te Anau, qui n'est d'ailleurs qu'une petite bourgade au style classique, fonctionnelle, toute entière tournée vers le tourisme, les sports, la pêche...

Le chauffeur sort les bagages; le Fjordland lodge est une grosse bâtisse de style semi-montagnard, taillée pour supporter les hivers rigoureux, la neige sur le toit, c'est un mélange de murs en pierres et de poutres en bois. En contrebas de l'hôtel passe la route pour Milford Sounds, une destination touristique très prisée, puis juste derrière, le lac Te Anau, peut-être à 100 mètres seulement du lodge.

Le réceptionniste les accueille tous avec un grand sourire, Lynn restant de glace, puis il distribue les clés :
— Alors madame Dervaux la 6, mademoiselle Dervaux la 7, monsieur Delamontagne la 8 et monsieur Randal la 9, nous vous souhaitons un excellent séjour !

Lynn s'adresse au réceptionniste :
— Vous avez un salon privé où nous pouvons poursuivre une discussion déjà entamée ?
— Oui, bien sûr, vous voyez le hall, au fond, cette porte, c'est la « *library* », vous y serez au calme. Vers quelle heure prendrez-vous votre dîner ?
— Disons dans une heure, jette Lynn, de mauvaise humeur, puis s'adressant aux autres voyageurs, venez avec moi dans cette library tout de suite, on s'occupera des bagages plus tard.

Tout le monde s'exécute et suit Lynn dans son rôle de la reine outragée.
Cette library est très anglaise de style, boiseries, vieux livres, fauteuils club, elle bénéficie surtout d'une vue magnifique sur le lac et les montagnes enneigées au loin.
On tire quatre fauteuils autour d'une table basse en noyer, chacun s'installe, Lynn et Robert se font face, Marijo est à la droite de Lynn et Tom à sa gauche. Les mines sont graves.

Lynn se redresse dans son fauteuil et relance :
— Donc, mariage il y a, quoi, sept semaines, Robert ?
— Oui, marmonne le notaire.
— Mais au fait, Marijo, j'y pense juste, la crémation a eu lieu une semaine après l'accident, donc il y a environ trois semaines, c'est bien cela, non ?
— Exact, répond Marijo sur la défensive.
— Je t'ai donc envoyée assister à la cérémonie puisque j'étais trop loin, on t'a donné une urne ensuite, celle qu'on doit disperser demain, c'est bien cela ?

Marijo a pris un air très sérieux, qui ne lui va guère car elle est en général plutôt tout entière dans l'exubérance et la provocation :
— Je crois que c'est le moment de t'en parler, maman, Natasha a aussi assisté à cette crémation, en tant qu'épouse, m'a-t-elle dit alors, ... elle a emmené les cendres de... son mari...

Gros silence, Lynn s'enfonce dans son fauteuil club, abasourdie, elle reprend son souffle, comme un boxeur après un uppercut :
— Mais alors cette opération de demain sur le lac, ce n'est pas nous qui la faisons ? cet hélicoptère qui est réservé pour aller disperser les cendres, c'est elle qui compte l'utiliser ?
— Maman, Natasha m'a proposé de me joindre à elle pour cette dispersion, c'est-à-dire l'épouse et la fille...
— Donc cette Natasha vient ici demain matin pour t'emmener faire un tour en hélicoptère ?
— Oui, mais si tu veux que je n'y aille pas, dis-le-moi.

Lynn soulève les sourcils d'un air accablé, fait une moue, la situation n'est pas du tout ce qu'elle attendait, il reste à essayer de recoller les morceaux :

— On verra plus tard, bon, reprenons cette histoire de contrôle de notre groupe. Greenstone vient donc, je crois, demain ou après-demain, Robert, tu sais qui représentera le groupe ?

— Oui, c'est Alex Fergusson, que nous avions déjà vu lors des derniers entretiens préparatoires il y a deux ou trois mois, c'est l'adjoint du CEO de Greenstone, il a donc autorité pour mener cette transaction, il arrivera de Tokyo, où il est de passage, il sera assisté d'un secrétaire et du notaire qui pourrait enregistrer les éventuelles transactions avec date certaine.

— Tu le connais bien ? interroge Lynn.

— Alex n'est pas un tendre, très retors en plus, le genre de négociateur qu'on n'arrive pas à cerner, enfin, bon.

Tom observe Robert, se demande depuis quand lui et Lynn sont amants, si c'est une façade, ou une passade, c'est quand même très bizarre. Robert poursuit :

— Ils arriveront au plus tard demain soir et logeront ici au lodge, ils ont prévu de repartir le lendemain dans l'après-midi, quoiqu'il arrive, m'a dit Alex, leur vol de retour Queenstown-Sydney est déjà réservé, il faudra donc que nous soyons prêts, je dirais que les actionnaires majoritaires devront être clairement identifiés avant la discussion avec Alex, sinon cela sera en plus pour lui un angle d'attaque pour faire baisser le prix de la transaction. Par contre, pour le prix lui-même, nous étions déjà plus ou moins d'accord, à 5 ou 10 % près.

Lynn réfléchit à cette situation qui se modifie après chaque nouvelle intervention de Robert. Personne ne l'a tenue au courant, ni Marijo, ni Robert, elle s'est fait manœuvrer, volontairement ou involontairement, mais elle n'a plus aucune carte en main. Donc cette transaction, sachant que le prix, déjà étudié par des comptables trois mois auparavant, ne sera pas un gros enjeu, va se jouer entre les actionnaires vendeurs. Une idée lui traverse l'esprit, elle s'adresse à Robert :

— On ne va pas y arriver, Robert : on a besoin d'une sorte de pacte d'actionnaires majoritaires, il aurait fallu que tous les actionnaires soient ici ! Alors demain matin, certes, il y aura Natasha en plus, je peux faire un effort pour parler à cette garce, mais il manque surtout Ingmar, sans lui je ne vois pas comment construire ce pacte.

— Lynn, intervient Robert, il se trouve que je suis arrivé hier à Te Anau, Natasha souhaitait me voir, elle était dans son chalet, enfin celui acheté par Quentin évidemment...

— Tu as passé la nuit avec elle ? l'interrompt Lynn avec alacrité.

— Non, bien sûr... mais je veux dire qu'il y avait déjà Ingmar chez elle.

Lynn est comme statufiée par cette nouvelle révélation, des grands yeux arrondis par l'étonnement, la bouche entrouverte, K.O. debout, ou plutôt assise. Il faut dire que Robert, harcelé par les questions de Lynn, ne sait plus comment s'en sortir en douceur, il y a des cas où il vaut mieux « balancer tout le paquet » sans tergiverser.

Marijo qui ne semble guère étonnée par ces annonces – elle devait être aussi au courant, se dit Lynn – ainsi que Tom, qui suit ce match en spectateur, n'ont pas cherché à prendre la parole.

Robert garde volontairement le silence après avoir répondu à la dernière question de Lynn, c'est donc à elle de relancer si elle veut que la discussion se poursuive.

Contrainte, Lynn, après un temps d'hésitation, revient dans la partie vers Robert :
— Sais-tu s'ils ont discuté de ce pacte d'actionnaires ?
— Pas devant moi, en tout cas, mais ils ont forcément dû le faire.
— Ils te sont apparus comme des alliés ?
— Je n'ai rien pu déduire de leur attitude l'un envers l'autre, cela restait très professionnel, mais ce n'est pas une preuve. Ingmar a dit être arrivé deux jours auparavant, il a logé dans la maison de Quentin, donc de Natasha. Ils se sont bien gardés de toute marque d'affection éventuelle entre eux. Par contre ils ont dû longuement évoquer une stratégie pour après-demain.
— Je vois, si donc Ingmar et cette pute raflent la majorité, il nous restera, à Marijo et moi, les miettes de la transaction, on se sera bien fait avoir ! bon, on a fait le point, non, Robert ?
— Oui, je n'ai pas autre chose à ajouter…
— Ouf, alors, si Marijo et Tom n'ont rien à ajouter, on peut lever la séance, veut conclure Lynn, furieuse.

Marijo se racle la gorge avant de se lancer :
— J'ai vu Ingmar chez Natasha il y a deux jours avant de venir te rejoindre, maman, à Auckland.
— Ben voyons, heureusement que je ne suis pas cardiaque.
— C'est Ingmar qui voulait me voir. Pour aller dans le sens de certaines allusions de Robert, je crois que Ingmar a essayé de me tester, de me proposer ce qu'il a sans doute proposé à

Natasha, il estime qu'avec 40 % des parts il est incontournable pour créer une majorité, ce qui n'est pas tellement faux, compte tenu des inimitiés entre les autres actionnaires... ce qu'il cherche, à vrai dire, c'est, je crois, une associée qui lui apporte au moins les 20 % manquants en lui demandant le moins possible. Par exemple, pour moi et mes 20 %, il ne voudra pas qu'on se répartisse en proportion de nos apports la somme prévue par Alex Fergusson pour les majoritaires, soit environ 420 millions, Ingmar veut un maximum, il veut l'essentiel de ces 420 millions, car il a le choix de son associée, si ce n'est pas moi, ce sera Natasha, ou bien toi, maman, il compte nous mettre en concurrence pour prendre celle qui demandera le moins !

— Vous avez négocié ?

— Non, pas du tout, j'ai écouté, je lui ai dit que j'allais réfléchir, lui m'a dit qu'il choisirait la moins-disante.

— C'est ce qu'il a sans doute aussi proposé à Natasha, non ?

— Je suppose, intervint Robert, c'est pourquoi après un début de séjour « lune de miel », enfin je n'en sais rien, quand ils en sont venus aux chiffres, l'atmosphère s'est sans doute aigrie, car Ingmar n'avait pas l'air aussi détendu que cela pour quelqu'un qui possède la carte maîtresse dans sa main.

— Maîtresse, tu l'as dit, Robert, balance Marijo.

Tout le monde commence à s'énerver, Robert « je n'ai pas dit cela », Lynn « je n'en peux plus », et Marijo « mais on ne peut plus rien dire ». Tom reste muet, le temps que la tension retombe.

Là-dessus Robert fouille dans son attaché-case, en sort un document, après une hésitation ponctuée d'un « après tout » il se lance :

— Les sommes discutées il y a environ trois mois avec Quentin et Ingmar d'un côté et les experts de Greenstone d'autre part étaient les suivantes : la part majoritaire à 420 M€ ou la totalité à 490 M€, ce qui valorise donc par différence la part minoritaire à 70 M€. Il apparaît bien clairement qu'il vaut mieux faire partie de la part majoritaire... Les deux femmes non choisies par Ingmar se partageraient les 70 M€, soit 35 M€ pour chacune. Côté part majoritaire, Ingmar va sans doute proposer à l'une des trois femmes une somme un peu plus élevée que 35 M€, par exemple 60 M€ et lui empochera 420 M€ moins ces 60 M€, soit 360 M€ alors qu'il ne possède que 40 % des parts.

Robert cherche à conclure, devant les mines désorientées de Lynn et Marijo, il s'adresse à Tom, qui affiche un masque imperturbable :

— Et vous, cher monsieur, qu'en pensez-vous ?

— De la transaction, rien, cela ne me regarde pas, mais je pense que quand les actionnaires seront réunis avec le groupe repreneur, je pourrai dire que le commanditaire du meurtre de Quentin est dans la salle.

C'est comme si un missile Exocet avait explosé non loin...

La phrase de Tom fait planer un gros silence dans la library. Lynn dévisage Tom, à vrai dire tout le monde attend qu'il poursuive. Robert, interloqué et énervé que ce freluquet lui vole la vedette avec une telle désinvolture, trouve que Tom ne peut en rester à cette allégation :

— Mais vous avez des soupçons ? vous pensez qu'il s'agit d'un meurtre ? c'est pour cela que vous êtes ici ? pour qui travaillez-vous et qui…

— C'est moi qui l'ai engagé, intervient Lynn, des faits très troublants se sont produits dans les derniers jours, qui renforcent l'hypothèse de Tom, mais pour l'instant nous n'avons aucune piste.

— Quoi, maman, tu aurais pu me tenir au courant !

— Marijo, il me semble que tu ne m'as pas non plus tenue au courant de certaines choses.

— Mais pourriez-vous nous résumer la situation, Tom, suggère Robert.

— C'est assez simple, déclare Tom : j'ai refait avec le guide de Quentin le trek fatal, je lui ai demandé pourquoi il avait déposé en banque quelques jours avant, disons, l'accident, environ 500 000 $. Nous avons eu une discussion houleuse, je lui ai proposé fermement de m'accompagner à Auckland pour rencontrer Lynn, ma commanditaire. Terry, le guide, a disparu peu après son arrivée à l'hôtel à Auckland, j'ai vu son corps repêché le lendemain matin par la police dans les eaux du Viaduct Harbour. Je suis retourné à ma chambre, quelqu'un a tiré à travers ma porte. Par ailleurs la veille l'adjoint de Terry, un Maori resté à Turangi, s'est noyé dans le lac bordant sa propriété. J'ai appris ce matin que l'employé de banque qui avait révélé par lettre à Lynn l'existence de ce mouvement de fonds étrange au profit de Terry juste avant le trek fatal venait de décéder la semaine dernière dans des circonstances mystérieuses, seule la police pouvant communiquer à ce sujet. En gros, voilà la situation.

Le ton sec de Tom et sa déclaration lapidaire ont totalement détourné l'attention des actionnaires vers une situation encore plus explosive dont personne n'a la solution :

—Vous n'en savez pas plus, interroge Robert ?

—Non, mais j'ai une piste que je dois explorer, je n'ai pas encore eu le temps de le faire.

—De quoi s'agit-il, questionne Robert.

—Désolé, je ne peux en dire plus pour le moment, répond Tom en fixant Robert dans les yeux.

Robert est interloqué, Marijo scrute le visage de Tom qu'elle semble découvrir, tandis que Lynn accuse le coup, épuisée par les révélations de Robert et Marijo. Un lourd silence s'installe dans la library, si bruyante il y a encore peu.

—Bon, restons-en là, à plus tard, conclut Lynn, ah oui Marijo, demain ton hélicoptère est à quelle heure ?

—Neuf heures trente, je crois.

—Bon, je propose qu'on lève la séance, dit Lynn, puis se tournant vers Robert : on dîne ensemble ce soir ?

Tout le monde se lève, chacun pour rejoindre sa chambre puis ensuite revenir dîner. Lynn a donc invité Robert à partager son repas, tandis qu'à une table voisine Marijo et Tom ont décidé de s'installer ensemble, conversations feutrées, regards en coin, chuchotements, la nuit est tombée sur le lac.

Le restaurant du Lodge est calme. En dehors des deux tables citées, il n'y a que trois autres tables occupées : l'une avec une famille, un couple d'une quarantaine d'années et leurs deux enfants adolescents, une autre avec deux hommes sportifs, sans doute des randonneurs, enfin une femme seule à sa table, le regard perdu dans le vague.

Lynn suit de loin, à la table voisine, la complicité naissante de Tom et Marijo, leurs confidences et leurs sourires.

Marijo a lancé la conversation avec Tom :
— Je tombe des nues, tout ce que vous avez... au fait on peut se tutoyer, Tom
— Bien sûr !

Depuis qu'il a rencontré Marijo et Robert, et aussi entendu tous ces commentaires sur la famille Dervaux, le groupe Nirwan et le notaire, Tom sent qu'il peut se hisser à la hauteur de cette nouvelle situation. Il voit qu'il devient un interlocuteur incontournable grâce aux informations dont il dispose concernant son enquête. Sa peur de ce matin est passée au second plan, c'est son rôle maintenant d'agir à la recherche de la solution.

— Donc, poursuit Marijo, tout ce que tu as révélé dans la library... c'est ton enquête qui a déclenché cette série de meurtres, ou plutôt d'assassinats ?
— Pour moi, c'est évident.
— Tu disais que tu avais une piste ?
— Oui et non, j'ai fouillé la chambre de Terry en son absence, j'ai récupéré sa tablette numérique et un dossier, toutes choses que j'ai laissées dans un sac à la consigne de l'hôtel d'Auckland et que je n'ai pas eu le temps de consulter car la police est venue m'interroger. Quand ils m'ont raccompagné au Sofitel, Lynn et toi vous êtes arrivées pour m'emmener avec vous deux.

— Et alors ?
— Mon espoir, c'est de remonter la piste en amont de Terry, de découvrir qui est son commanditaire, le tueur est certainement encore à Auckland, peut-être dans un hôtel, peut-être aussi son numéro de téléphone est inscrit dans le dossier de Terry ?

Marijo digère ces informations, elle semble émue, elle pose sa main droite sur la main gauche de Tom, la tapote comme pour l'encourager ou le soutenir, puis la repose et la tient plus fermement :
— Et tu as dit qu'on avait tiré dans la porte de ta chambre du Sofitel ?
— Oui, soupire Tom, on a frappé, je suis allé à la porte, j'ai regardé par l'œilleton, j'ai vu... un type, instinctivement je me suis écarté, Tom fait une pause dans son récit, encore secoué par ce souvenir, le type a tiré à travers l'œilleton...

Marijo caresse la main de Tom, esquisse un pauvre sourire, Tom met sa main droite sur celle de Marijo, ils restent ainsi un long moment, à se regarder.

Lynn et Robert quittent les premiers le restaurant, suivis de peu par Marijo tenant Tom par la main...

La réceptionniste s'interroge, elle croit bien que les deux couples du dîner sont remontés ensuite, chaque couple dans une chambre, donc il y aurait deux chambres de libre ? ah ces Français !

Ils sont entrés dans la chambre de Marijo en se tenant par la main, elle va vers la baie vitrée et contemple le spectacle, « regarde cette lune qui fait briller le lac et tout au loin la neige sur les sommets, et pas un bruit… et nous », elle se tourne pour enlacer Tom.

Chapitre 12

En ce matin du 16 novembre, Tom est le premier à se présenter au petit déjeuner dès huit heures, cela lui aura évité que Lynn le voie sortir de la chambre de Marijo. En descendant dans le hall, il croise deux individus assis face à la réception. Ils ont l'air bourru, ce sont des costauds, habillés de blousons noirs, de chaussures de sport et de jeans. Ils le dévisagent, l'un se penche vers l'autre pour lui murmurer à l'oreille.

Cela inquiète fortement Tom, la série noire va donc se poursuivre ? il n'a aucune arme sur lui, il va à la réception et demande à téléphoner à Auckland, depuis le desk. La réceptionniste lui tend un appareil et lui suggère de se mettre confortablement au bout du bureau de réception.

Tom appelle Donovan, de la police d'Auckland, qu'il parvient à joindre malgré l'heure matinale :

— Puis-je vous parler un moment, Mister Donovan, ou puis-je vous appeler Jim ?

— C'est curieux que vous m'appeliez précisément ce matin, j'allais aussi le faire, dit Donovan.

— Ah bon pourquoi ?

— Mais Mister Randal, disons donc Tom n'est-ce pas, au point où nous en sommes, nous avons besoin de remettre la main sur vous, ici à Auckland, car notre enquête piétine, vous êtes pile au centre de tous ces évènements, accident, meurtre, tentative d'assassinat, c'est un peu beaucoup, non ?

— Oui, je pourrai vous expliquer encore des choses, mais moi je voulais vous appeler pour vous dire qu'avant de me faire tirer dessus dans ma chambre…

— Ah, donc vous reconnaissez que vous étiez dans votre chambre à ce moment-là ?

— Oui, oui, bon, d'accord, mais je n'ai pas vu le tireur. Donc je disais que je suis allé dans la chambre de Terry pour essayer de trouver des indices, sans m'attarder j'ai pris sa tablette numérique et un carnet, je les ai mis dans un sac, que j'ai laissé à la bagagerie de l'hôtel. Je n'ai pas eu le temps ensuite de prendre connaissance de ces documents, mais je crois qu'il pourrait y avoir là une piste, non ?

— Vous avez le ticket de consigne ?

— Oui, ici dans ma chambre.

— Pouvez-vous me communiquer le numéro de ce ticket, nous irons tout de suite au Sofitel.

— Un instant, restez en ligne, je vais le chercher.

Tom pose le combiné et démarre en trombe vers l'escalier menant à sa chambre, mais les deux individus se sont levés d'un bond, ils lui barrent le passage, à deux mètres de lui, l'un d'eux ayant même posé sa main sur une arme qu'il porte à la hanche.

Tom recule vivement vers la réception, saisit le combiné et crie à Jim Donovan qu'il est assailli par deux types dans le hall, en même temps il crie à l'adresse des deux gorilles qu'il a déjà la police en ligne, prête à le secourir, il brandit à leur intention le combiné du téléphone.

Quand Tom rapproche ce combiné de son oreille, il entend Donovan lui expliquer calmement que les deux individus sont des policiers de Queenstown venus à sa demande interpeller Tom pour le ramener à Auckland.

Tom, pas rassuré pour autant, invective Donovan, lui reproche ses façons de procéder et lui demande alors de les stopper :
— Un instant, je les appelle sur une autre ligne.

Un des deux gars entend son portable sonner, il décroche, regarde Tom, puis son collègue, puis Tom, puis baisse la tête, lui et son collègue vont se rasseoir, comme deux chiens de garde.

Tom a le champ libre, il traverse le hall, passe à côté des deux cerbères, lentement, de crainte qu'ils ne lui sautent dessus, mais non, alors il poursuit vers les escaliers qui mènent à sa chambre, entre dans sa chambre dont le lit n'est pas défait, retrouve le ticket dans une poche de veste, redescend quelques instants plus tard, communique le numéro à Donovan qui lui dit de rester en ligne car il reconnaît avoir aussi placé un policier de son équipe en planque à l'hôtel. Deux minutes plus tard,

Donovan lui annonce que les documents sont récupérés, que le policier va les lui apporter, une affaire d'un quart d'heure. Donovan remercie Tom, dit qu'il le rappellera sur son portable s'il a trouvé du nouveau dans les documents dont il va prendre connaissance.

Tom raccroche et se dirige vers la salle de petit déjeuner, où il est rejoint par Lynn et Robert un peu plus tard, puis c'est Marijo qui se présente, passe derrière Tom en lui passant la main dans les cheveux et s'assied. Lynn lance des points d'interrogation à Marijo, puis à Tom, fronce les sourcils, puis renonce à en savoir plus :
— Alors c'est jour des cendres, ironise Tom ? mais sa remarque tombe à plat.
— L'hélicoptère ne va pas tarder, Natasha non plus, précise Marijo.

Après le petit déjeuner tout le monde se retrouve dans les fauteuils du grand hall, face à l'immense cheminée où hier encore il y avait une belle flambée. Une femme de ménage passe l'aspirateur dans la library. Dehors, un ciel bleu sur lequel se découpent les montagnes. Les nouveaux arrivants en profitent pour admirer le site magnifique du lac de Te Anau cerné par cette chaîne montagneuse que de nombreux randonneurs cherchent régulièrement à apprivoiser.

Un hélicoptère atterrit sur la pelouse à une dizaine de mètres de l'hôtel, quelques minutes plus tard ce sont Natasha et Ingmar qui entrent, sous le regard des deux policiers toujours vautrés près de l'entrée.

Tandis que Natasha va à la réception portant une urne funéraire noire, en métal, d'environ trente centimètres de haut, Ingmar rejoint les autres dans le grand hall.

Ingmar est grand et dynamique, un casque de cheveux blonds sur la tête, mâchoire de Viking, épaules larges, il a l'air sûr de lui, rien ne doit lui résister, il sourit, même si on le sent fort préoccupé. Il est vêtu, plutôt cool, d'un polo à rayures, d'un jean noir et d'une veste en laine.

Il va d'abord vers Lynn, qu'il embrasse sur la joue en lui serrant le bras familièrement.

Puis il se tourne vers Marijo, lui sourit, l'enveloppe de ses bras un long moment, comme pour compatir à nouveau au décès de son père, montrer à quel point il est proche de Marijo. Elle se laisse aller un moment dans ses bras.

Lui fait une pause avant de se tourner vers Robert, à qui il serre vigoureusement la main, prenant soin de montrer que c'est lui qui donne les ordres à Robert.

Puis d'un mouvement circulaire de la tête, il balaie du regard l'assistance pour découvrir, ou feindre de découvrir, Tom. Il interroge du regard Lynn, qui ne répond pas ; alors il lui demande :
— Lynn, peux-tu me présenter ce monsieur qui assiste à notre réunion ?
— Bien sûr, c'est Tom Randal, qui travaille pour moi sur certaines questions administratives.

— Alors bienvenue, Monsieur Randal, sourit Ingmar, de quelles questions administratives s'agit-il ?

— J'enquête sur les conditions de l'accident de Quentin Dervaux, explique Tom calmement.

— Ah vous êtes un détective privé ? suggère Ingmar.

— En quelque sorte, oui.

— Vous avez pu trouver des choses intéressantes sur cet accident ?

— Non, l'enquête est en cours, j'agis de concert avec la police, car je pense qu'il s'agit plutôt d'un assassinat…

— Mais ce n'est pas sérieux, dites-moi, s'indigne immédiatement Ingmar interloqué, en jetant des regards offusqués autour de lui.

— Malheureusement si, répond sèchement Tom, qui ne veut pas se laisser manœuvrer par Ingmar.

Ingmar est dans tous ses états, gesticulant vers Tom en le sommant de s'expliquer, mais la discussion s'interrompt avec l'arrivée de Natasha, munie de son urne. Tout le monde se tourne vers elle.

Bien qu'ukrainienne, Natasha parle couramment le français, visiblement appris « sur le tas », car elle n'était en France que depuis deux ans quand Quentin l'a connue.

Elle a une démarche sportive, un corps délié, un côté solaire. Elle n'a pas encore la quarantaine.

Elle est habillée d'un chemisier largement échancré, découvrant la naissance de seins en forme de pamplemousse, et d'un pantalon serré, ne cachant rien de sa chute de reins marquée. Bronzée par le soleil de Nouvelle-Zélande, c'est une beauté slave, blonde, même si elle n'a peut-être pas la taille aussi élancée que les top models russes.

Elle pose son urne sur la table basse au milieu du hall, va vers Marijo, l'entoure de ses bras pour bien signifier qu'elles ont des liens quasi familiaux. Elle lui demande si elle est prête pour le vol en hélicoptère, puis salue sobrement de loin Robert, et, ignorant Lynn, découvre Tom :
— Et vous êtes... ?
— Tom Randal, dit ce dernier avec un soupir qui veut dire « je dois recommencer », je suis détective privé au service de Lynn pour enquêt...

Tom s'interrompt car Lynn s'est avancée vers la table basse, a saisi l'urne contenant ce cher Quentin, crie à Natasha qu'elle veut venir avec elle et Marijo pour la dispersion des cendres au-dessus du lac :
— Pas question, lance farouchement Natasha qui se trouve de l'autre côté de la table basse et bondit dans l'intention de venir arracher l'urne des bras de Lynn.

En une seconde, Lynn, que la colère aveugle, fait les trois mètres qui la séparent de la cheminée, déjà Natasha se jette sur elle, mais Lynn ouvre le couvercle de l'urne et jette vigoureusement les cendres dans l'âtre. L'urne tombe au sol dans un bruit de casserole, les deux femmes s'agrippent, s'invectivent, des noms d'oiseaux fusent.
Marijo et Ingmar s'approchent rapidement, mais peinent à les séparer.

Quant à lui, Robert, pragmatique, va dans la library, revient avec la femme de ménage philippine et son aspirateur, se poste devant la cheminée et dit à cette femme d'aspirer soigneusement les cendres, il insiste sur le « soigneusement ». La bagarre se poursuit sur fond d'aspirateur, Ingmar a pris un coup de griffe qui ne lui était pas destiné, mais qui lui zèbre la joue droite d'une marque sanguinolente.

La femme de ménage venant juste de finir, le bruit de l'aspirateur s'arrête, soudain les combattants prennent conscience de l'action entreprise par cette employée, d'un coup d'épaule Natasha se dégage, se tourne vers elle et Robert, voit l'âtre propre comme un sou neuf, regarde l'aspirateur, croit comprendre, devient rouge et s'étrangle :
— Mais vous êtes fou, qu'avez-vous fait là ?
— Mais j'ai sauvé les cendres de Quentin, bafouille Robert, je les ai récupérées, elles sont dans le sac de l'aspirateur, on va pouvoir les emporter au-dessus du lac.

Tom, que cette hystérie collective commence à échauffer, sort un peu de sa réserve :
— Oui, vous allez pouvoir faire d'une pierre trois coups, jeter les cendres de Quentin et aussi vider les restes de la flambée d'hier soir et puis enfin jeter la poussière de la library, je suis sûr que la direction de l'hôtel pourra vous remercier de vous occuper de l'enlèvement des déchets, et quelle classe de s'en débarrasser par enlèvement en hélicoptère…

Tom sent qu'il est allé un peu trop loin, mais sa phrase a calmé tout le monde, chacun rajuste sa tenue, Ingmar se tamponne la joue avec un mouchoir, Lynn reprend son souffle.

Le visage fermé, Natasha intime à Ingmar l'ordre de renvoyer l'hélicoptère car il n'est plus question de faire ainsi la cérémonie.

Ingmar sort sur la pelouse, qui est à une vingtaine de mètres du hall où se tient la réunion et fait office d'héliport pour le confort des clients du lodge. Il explique en quelques mots au pilote que le vol est annulé.

L'hélicoptère s'envole dans le bruit assourdissant de ses moteurs, tandis que dans le hall c'est au contraire le silence total du groupe.

L'infatigable Robert reprend l'initiative, d'une voix douce et peu assurée :
— L'ironie de Tom est tout à fait déplacée.
— Oui, excusez-moi.
— Mais nous avons quand même les cendres de Quentin, vous pourriez peut-être quand même, toutes les trois, et là Robert fait une pause pour vérifier s'il n'a pas déclenché une nouvelle guerre mondiale, vous pourriez prendre un petit bateau, juste de l'autre côté de la route, là-bas, je vous emmène si vous voulez, et disperser les cendres dans le lac un peu plus loin, ainsi les vœux de Quentin seraient bien respectés...

Robert soupire à nouveau et attend.

Ingmar revient à ce moment de la terrasse, il trouve le groupe en pleine réflexion, il interroge Robert du regard. Lynn annonce qu'elle est d'accord, puis Marijo dit que cela serait quand même bien et se tourne vers Natasha avec un regard larmoyant.

Natasha hésite, la tête penchée vers la table basse, puis annonce après une longue hésitation qu'elle est aussi d'accord.

Ingmar intervient :
— D'accord pour quoi ?
Tom lui explique la proposition de Robert. Ingmar n'y trouve pas à redire.

Alors Robert, aidé de la femme de ménage, extirpe précautionneusement de l'aspirateur le sac plein, puis le portant comme le saint Graal, invite les trois femmes à le suivre de l'autre côté de la route, la rive du lac étant à moins de cent mètres de l'hôtel.

Ingmar et Tom suivent de loin ce cortège funéraire. Robert s'approche d'un ponton appartenant à l'hôtel, il discute avec un marinier, puis choisit un petit bateau à moteur de six places. Robert et les trois femmes s'installent sur le frêle esquif qui tangue comme un cheval rétif tandis que le marinier maintient le hors-bord en équilibre.

Le marinier lance le moteur pour Robert, les voilà partis vers le large.
Ingmar et Tom sont arrivés près du ponton, Ingmar s'assied sur un banc, le téléphone de Tom sonne, c'est Donovan, Tom s'écarte de Ingmar pour une discussion plus privée et décroche :
— Bonjour, alors du nouveau ?

— Oui, Tom, il s'est passé pas mal de choses ! Terry avait rendez- vous, d'après les documents que nous avons trouvés, avec un certain Piotr Siniviev, assez tard le soir avant sa disparition, au restaurant italien Positano, sur Market place, donc à moins de deux cents mètres de là où on l'a repêché.

— C'est incroyable, c'est là que j'ai dîné, mais assez tôt, j'ai dû partir vers 22 heures, j'ai même cru les apercevoir... ce doit être lui, le tueur, non ?

— Oui, possible, nous avons alors cherché sur Auckland dans tous les hôtels la trace de ce Piotr, nous l'avons trouvée dans un hôtel sur Queen Street. Par malchance il n'était plus là, je pense qu'il a même pu déjà quitter le pays, mais ce n'est pas sûr.

— Il avait vidé sa chambre ?

— Non, justement, c'est d'ailleurs curieux, ses affaires étaient encore là, nous avons saisi, parmi ses papiers, une photocopie complète de son passeport, il est russe, né à Sébastopol, maintenant rattaché à la Russie, il a trente-huit ans. D'après ses visas, il est allé en France il y a trois mois, il y est resté environ deux semaines. Mais dans sa chambre d'hôtel nous avons trouvé son laptop et ses agendas. Ses fichiers étaient cryptés, notre informaticien progresse, il a déjà réussi à casser quelques « cadenas ».

— Et une arme ?

— Oui, nous avons découvert, caché dans la chambre, un pistolet Glock autrichien, muni d'un silencieux, calibre 9 mm, nous allons vérifier si on retrouve la balle tirée dans votre chambre et si son calibre correspond à celui de l'arme.

— Et donc les fichiers du laptop ?

— Comme je vous ai dit, cela commence à donner ses fruits : Piotr avait ouvert un compte ici à Auckland, il a reçu sur ce compte, il y a cinq semaines 700 000 $, il a retiré de ce compte en cash 500 000 $ le jour où Terry est venu à Auckland avant la randonnée avec Quentin.

— Donc les éléments du puzzle s'assemblent, Piotr a vraiment le profil de l'intermédiaire et tueur !

— Sans sauter hâtivement à la conclusion, j'ai quand même envie de dire oui, fait Donovan.

— Pour le donneur d'ordres, celui qui a commandité le crime, vous avez une piste ?

— Pas pour l'instant, soit on retrouve Piotr et il parle, j'ai mis son hôtel sous surveillance, soit je peux espérer remonter par les virements bancaires à la source, mais cela va sans doute être difficile, car le virement reçu par Piotr venait d'un compte off-shore, nous connaissons juste la banque, la Westmore Bank de Turks and Caicos. Tom, je crois que vous êtes vraiment hors de cause, je vous rendrai votre passeport à l'occasion, mais vous pourrez encore m'aider comme vous êtes sur place, je vous rappelle plus tard.

Tom a raccroché, Ingmar se tourne de loin vers lui, sentant bien que ce coup de fil concernait l'affaire en cours, il lui demande :

— Alors, du nouveau ?

Des cris au loin évitent à Tom de répondre. Sur le bateau, les trois femmes, chacune une main sur le sac pour tenter de répandre les cendres, se sont penchées du même côté du bateau qui s'est mis à tanguer dangereusement. Elles ont crié, Robert s'est porté sur l'autre bord pour rééquilibrer, mais dans le même mouvement, les trois reculent vers Robert sur l'autre bord, le bateau chavire avec tout le monde qui crie, Robert est le seul à avoir pu s'agripper et rester sur le bateau, mais les trois femmes sont à l'eau, avec leurs cendres qui se répandent enfin dans le lac.

Robert décroche fébrilement les rames de secours, qui servent au cas où le moteur tombe en panne, se saisit de l'une des rames pour la tendre en guise de gaffe aux nageuses qui ont un peu bu la tasse. Dans un mouvement maladroit, Robert a flanqué un coup de rame, donc une vraie gaffe, sur la tête de Lynn qui beugle au secours, Marijo essaie de la soutenir, Natasha a réussi à se tenir au rebord du bateau en attendant de l'aide.

Finalement Robert tire Natasha hors de l'eau en la prenant à bras-le-corps, puis c'est Marijo qu'il arrive à repêcher, et enfin Robert et Marijo hissent Lynn à moitié assommée. Les trois femmes, trempées, essoufflées, sans voix, gisent au fond du bateau comme la pêche du jour, au moins ainsi on ne risque plus de chavirer.

Lynn recrache un peu d'eau qu'elle a avalée, Robert, croyant un peu détendre l'atmosphère, conclut :

— Mais au moins vous avez toutes avalé un peu de Quentin en vous…

Sur la rive Ingmar et Tom ont suivi de loin, sans pouvoir intervenir. Mais Robert a remis en marche le moteur, le bateau amorce un virage pour rejoindre la rive.

Ingmar lance à Tom qu'il court à l'hôtel pour chercher des serviettes pour les trois naufragées.

Tom, seul sur la rive, en profite pour rappeler Donovan :

— C'est Tom, du nouveau ?

— Oui et non, l'enquête progresse, Gibbson a décidé de se rendre à Te Anau par le premier vol. Je vous demande donc de faire au mieux pour qu'aucune des personnes présentes ne quitte l'hôtel avant son arrivée, je parle de la famille Dervaux et de son entourage, sur lesquels nous avons mené une enquête.

— Mais vous ne soupçonnez quand même pas tout le monde ?

— Non, mais c'est mieux pour les interrogatoires.

— Je pense que Marijo n'y est pour rien.

— Parce que vous avez passé la nuit avec elle ?

— Ah je vois que vos gars de Queenstown ont déjà investigué…, bougonne Tom, non, c'est parce que je ne vois pas de mobile. Même chose pour Lynn, avec qui je n'ai pas passé la nuit.

— Concernant Lynn, insiste Donovan, si Quentin ne s'était pas remarié, elle aurait touché la moitié du paquet d'actions de Quentin et sa fille l'autre moitié, les deux auraient eu ainsi la majorité à l'aise, donc les deux ensemble ont un mobile !

— Je coucherais bien avec Natasha, mais je ne vois pas son mobile car même avec son mariage tardif, elle ne pouvait espérer une quelconque majorité.

— Sauf à s'associer avec Ingmar, fait Donovan…

— Oui, donc tout le monde est suspect.

— Plus ou moins, mais quand même, il y a le contexte, on ne tue pas juste parce qu'on a un mobile.

— Sur Ingmar, vous avez des indices ?

— Pour l'instant, non, il a trempé dans des affaires bancales en Espagne, qui se sont terminées au tribunal pour ses associés, mais rien de violent, c'est un type qui aime les femmes et la grande vie, un flambeur, mais il semble avoir commencé à se ranger un peu en s'associant à Quentin dans une affaire sérieuse.

— Le groupe Greenstone, avec Alex Fergusson, arrive ce jour ou demain, une signature est prévue ensuite. Vous ne vous opposez donc pas à ces transferts d'actions ? se renseigne Tom.

— Je n'en ai pas les moyens, d'ailleurs ce n'est pas de mon ressort.

— Appelez-moi si vous avez du nouveau, je dois raccrocher, ils arrivent.

Presque concomitamment, Ingmar avec ses serviettes et Robert avec sa cargaison se rejoignent sur la rive où se tient déjà Tom.

Les trois femmes, trempées, les cheveux mouillés pendouillant sur leurs épaules, les vêtements plaqués sur leur corps, gisent au fond de la barque.

Un peu comme un pêcheur, Robert hisse sa cargaison sur la rive avec l'aide de Ingmar, un tableau digne de Douarnenez. Natasha et Marijo, leurs chemisiers plaqués sur leurs poitrines, ont l'air très sexy, les hommes n'en perdent pas une miette.

Lynn a sur le front une petite blessure qui saigne, c'est le coup de rame de Robert :

— Robert, dit-elle avec un demi-sourire, soit tu es très maladroit, soit c'est une tentative de meurtre !

— Je suis désolé, Lynn, j'espère que tu n'as pas trop mal, je vais te chercher un petit pansement. Pour le meurtre, j'imagine que j'aurais essayé de frapper une seconde fois, dit-il avec un pauvre sourire.

Si chacun s'y met avec des allusions de ce type, pense Tom en soupirant, l'enquête va se compliquer de minute en minute.

Ingmar a enveloppé les trois femmes de ses serviettes, Natasha a droit à un traitement plus appliqué, tout le monde décide ensuite de rentrer se sécher, avant d'aller se sustenter, c'est l'heure du déjeuner.

Un peu plus tard, tandis que les autres finissent leur déjeuner dans la salle à manger de l'hôtel, Tom s'est installé au bar, a avalé en vitesse un sandwich et bu une bière locale, pour avoir le temps de compléter le tableau de chiffres que Robert avait présenté plus tôt à Lynn et Marijo.
Sous couleur de présenter à nouveau, mais plus en détail, une option déjà évoquée par Robert, Tom veut tester une idée qui lui est venue du fait de l'attitude ambiguë de Natasha et Ingmar...

Constatant de loin que Lynn et Natasha se parlent, ce qui est un progrès, il va au comptoir de la réception pour faire imprimer son tableau, avant de retourner dans le hall où il retrouve les trois femmes et Robert, Ingmar s'étant éclipsé pour passer des coups de fil.

Malgré la présence de Robert, qu'il ne peut « congédier », Tom requiert des trois femmes leur attention pour leur exposer une idée :
— Vous vous souvenez, je pense, de la présentation, hier soir par Robert ici présent, de son tableau, je voudrais revenir à l'alternative déjà évoquée et recueillir votre avis. Pour

Natasha qui n'assistait pas à cette réunion, je vais commenter mon tableau. Dans sa présentation, Robert met Ingmar en pivot central de toute transaction, laissez-moi vous suggérer de réfléchir à nouveau à la variante trop rapidement développée, c'est-à-dire l'association des trois dames. J'explique cela dans le tableau que j'ai imprimé pour chacune de vous, le voici.

Tom tend une feuille à chacune, laisse à tout le monde le temps de lire le document, Robert se trémousse sur son fauteuil, penché sur l'épaule de Natasha pour lire le tableau.

Puis Tom s'adresse aux trois actionnaires :
— Le tableau de Robert vous indiquait ce que vous pouviez espérer si l'une de vous s'associait à Ingmar.
— Et ce n'était pas faux, s'exclame Robert.
— Non, bien sûr, mais c'était le point de vue, disons, de Ingmar ; par contre je vous indique que si vous décidez malgré tout de former à vous trois la majorité, soit trois fois 20 %, eh bien vous vous partagez les 420 M€, soit 140 M€ pour chacune, ce qui est le maximum que l'une d'entre vous pouvait espérer dans le tableau de Robert, n'est-ce pas Robert, alors que dans ce cas ce serait toutes les trois qui auraient ce maximum ? Ah Robert, vous ne répondez pas…
— Mais je suis parti de l'hypothèse, bredouille Robert, que Lynn et Natasha ne souhaitaient pas s'associer, par manque de, disons, d'affinités.
— Oui, Robert, intervient Lynn, mais pour ces sommes en jeu, je crois que je suis prête à faire un effort, qu'en pensez-vous, Natasha ?

Natasha semble très surprise par la proposition de Lynn, hoche la tête, dit que cette proposition est très intéressante, mais qu'elle doit bien sûr réfléchir avant toute décision.

Marijo, elle, abonde dans le sens de sa mère vigoureusement d'un « c'est génial, moi je suis totalement pour ! »

Robert, un air soucieux sur le visage, bougonne :
— Ce point de vue devait être présenté, mais il ne faut pas perdre de vue qu'une transaction avec Greenstone qui écarterait Ingmar entraînera peut-être sa démission du groupe. Ingmar parti et Quentin décédé, le groupe n'aura plus de dirigeant à sa tête. Greenstone pourrait revoir sa proposition nettement à la baisse, considérablement même... d'ailleurs le sujet avait déjà été évoqué avant même l'accident de Quentin ! Je me souviens d'une réunion où assistaient Quentin, Ingmar et Alex Fergusson de Greenstone, ce dernier voulait mettre une clause dans le contrat en cours de négociation pour obliger les deux dirigeants à rester au moins trois ans aux commandes. Dans le cas contraire il prévoyait un abattement sur le montant total de la transaction de l'ordre de 20 % à 30 % par dirigeant qui quitterait le navire, on peut dire que Quentin l'a déjà fait...

Tom commence à avoir l'impression que Robert roule pour Ingmar, ce qui complique la situation.

Ingmar vient de redescendre de sa chambre, où il a dû passer des appels téléphoniques, pas tous positifs, car il a un air renfrogné qui ne lui va pas. Robert se lève vivement et l'intercepte au bas des escaliers, ils ont un échange au cours duquel Ingmar jette plusieurs fois un regard vers le groupe dans le hall, particulièrement vers Tom, puis hoche de la tête pour signifier qu'il a bien compris.

Ingmar s'élance ensuite dans le hall et vient s'asseoir à la place de Robert :
— Robert me dit que vous avez une nouvelle proposition, qui vient de ce monsieur Randal, dont je ne sais toujours pas bien ce qu'il fait parmi nous.
— Je croyais vous l'avoir déjà expliqué, intervient Tom.
— Oui, votre enquête, mais là il s'agit d'une opération financière entre associés, où vous n'avez pas à vous immiscer, je te demande donc, Lynn, de rappeler ton détective et lui demander de nous laisser discuter, car nous devons avoir une position claire entre nous avant l'arrivée de Greenstone.
— Si tu veux, Ingmar, d'accord, je demande à Tom de ne pas intervenir pour l'instant, mais il assistera muet à notre négociation car il estime qu'elle est liée, indirectement au décès, pour ne pas dire meurtre, de Quentin. Puisque Robert t'a informé, Ingmar, de cette variante, je t'informe que Marijo et moi sommes d'accord pour nous associer à Natasha dans l'idée de former le bloc majoritaire qui se présentera à Alex Fergusson. Il reste à Natasha à prendre position...
— Dans ce cas, bafouille Ingmar qui commence à perdre toute contenance, laissez-moi parler en privé à Natasha, et se tournant vers elle : Natasha, veux-tu bien m'accompagner un instant dans la library ?

Elle approuve de la tête, se lève et suit Ingmar dans la library, tandis que Robert observe Lynn, Marijo et Tom qui restent silencieux.

Tom se lève et va à la baie vitrée regarder le lac, Marijo le rejoint sans dire un mot, Lynn sort fumer sur la terrasse.

De sa position, Tom observe discrètement Ingmar et Natasha qui viennent de s'asseoir dans la library. Ingmar est agité, alors que Natasha, quasi immobile lui parle doucement, on dirait que c'est elle qui donne les ordres, ou alors elle cherche juste à calmer Ingmar qui semble prêt à tous les excès.

Natasha lui tend un document que Ingmar repousse de la main comme pour dire « je le connais ». Vu de loin, ce couple paraît plus intime, ou plus lié en affaires qu'on aurait pu le croire peu de temps avant.

Puis Ingmar prend son smartphone et engage une courte conversation, dans laquelle il semble s'énerver. Il lance même un autre appel, court également mais plus calme.

Tom sent que sa proposition a eu le don d'obliger les uns ou les autres à clarifier leurs positions…

Alors que Ingmar et Natasha se lèvent tous deux pour rejoindre Lynn, Marijo et Tom, c'est dans un grand bruit de portes qui s'ouvrent que Alex Fergusson fait son entrée dans l'hôtel, toutes les têtes se tournent vers lui tandis qu'il se dirige directement vers eux, après un signe à la réception qu'il s'occupera du check-in un peu plus tard. Il est accompagné de son notaire, maître Ashley, et de son secrétaire, Walt Steiger, à qui il enjoint de s'installer dans le hall et d'attendre là, sous le regard des deux policiers, en faction dans leurs fauteuils confortables, qui se demandent bien, eux, ce que signifient toutes ces allées et venues et qui faut-il surveiller, et qui ne doit pas quitter les lieux et quoi encore ?

Alex propulse ensuite sa haute taille et sa forte corpulence à travers le hall. La cinquantaine rugissante, un peu rougeaud de visage, les cheveux roux qui commencent à s'éclaircir sur le front, Alex s'est habillé d'une chemise verte, peut-être des origines irlandaises, et d'un costume gris tout froissé par le voyage.

Ingmar s'avance vers lui et le salue amicalement. Les deux hommes se connaissent bien car ce sont eux, avec Quentin, qui ont participé aux négociations d'il y a quelques mois. Une tape sur l'épaule, quelques banalités, puis Ingmar s'écarte un peu pour le laisser s'avancer plus avant dans le hall. Alex voit Lynn, qu'il a déjà rencontrée, il y a une année environ à une première réunion générale d'information du groupe Nirwan, Lynn et Quentin n'étant pas encore séparés, mais Alex avait tenu à faire la connaissance de Lynn car elle représentait un actionnariat minoritaire non négligeable ; par contre Quentin n'avait à priori jamais présenté Natasha à Alex.

Dévisageant les autres personnes présentes et choisissant de commencer par la dame la plus âgée, Alex salue d'abord Lynn puis avance vers Natasha et se présente :
— Alex Fergusson, groupe Greenstone.
— Bonjour Monsieur Fergusson, ravie de faire votre connaissance, je suis Natasha Dervaux, la veuve de Quentin Dervaux.
— Je vous présente mes condoléances pour ce drame qui vous frappe.

— Merci, nous venions juste de nous marier, minaude Natasha qui hésite à lui adresser un regard mouillé de chagrin.

Alex a salué entretemps Marijo et Robert, il se tourne d'un air interrogatif vers Tom, légèrement à l'écart du groupe :
— Et vous êtes ?
— Tom Randal, je suis chargé par Lynn de... Tom cherche ses mots.
— Alex, fait Lynn, Tom enquête pour moi sur la disparition de mon mari, enfin ex-mari.
— Ah oui, parce qu'il y a un problème ?
— Non, dit Tom, mais puis-je vous parler en privé avant votre réunion ?
— Si cela a un caractère important, oui.
— Alors allons dans la library, si vous voulez bien.
Ingmar furieux s'interpose devant eux :
— J'ai une déclaration préalable à vous faire, Alex, et à vous tous aussi.
— Mais j'avais un élément important à communiquer à monsieur Fergusson, proteste Tom.
— Vous le ferez ensuite si c'est toujours nécessaire, coupe Ingmar qui semble curieusement perdre son sang-froid.
— C'est bon, intervient Lynn, sinon on n'en finira pas, installons-nous tous dans la library.

Tandis que tout ce petit monde se dirige vers la library, un hélicoptère atterrit sur la pelouse devant l'hôtel, coupe ses moteurs, le pilote sort de l'habitacle. Ingmar, s'excusant auprès de ses voisins, sort rapidement et fait signe d'un geste sur sa montre qu'il n'en a que pour quelques minutes, puis il retourne à la library. Tom et Lynn se regardent sans comprendre. Tous s'assoient dans les fauteuils clubs en les rapprochant de la table en bois qui trône au centre de la pièce, les regards se tournent vers Ingmar.

À ce moment le téléphone de Tom sonne, celui-ci décroche. En chuchotant il prévient Jim Donovan, dont il a reconnu le numéro, qu'il ne peut pas parler, une réunion venant de commencer. Donovan lui crie que c'est important, Tom lui balance « je vous rappelle tout de suite après » et raccroche.

Ingmar lance un petit regard contraint à Lynn et Marijo et s'éclaircit la voix :
— Voilà, Natasha et moi avons discuté, j'ai accepté ses arguments, nous avons décidé de nous associer tous les deux pour constituer un bloc majoritaire... mais nous ne sommes plus vendeurs pour l'instant...

C'est comme si un épais rideau de théâtre tombait lourdement d'un coup, cachant la scène aux spectateurs, Lynn, Marijo, Alex, Robert et Tom stupéfaits :
— Alors c'est la fin de cette négociation ? glisse Tom à Lynn.
— Allons bon, je ne comprends pas bien vos motivations, à toi Ingmar et à vous Natasha, relance Lynn, la mine défaite mais ne renonçant pas.
— C'est un détail de notre accord, à Natasha et moi, que je ne suis pas obligé de vous communiquer, mais pour jouer la transparence, sachez toutes deux que Natasha souhaite poursuivre l'œuvre de son mari Quentin et travailler avec moi chez Nirwan.

— Alors chère Natasha, balance Lynn suave qui ne digère pas ce retournement de situation, vous avez également les compétences pour ce poste ?

— Ne vous inquiétez pas pour moi, Lynn, lance Natasha, acide.

— Marijo et moi sommes encore actionnaires à 40 %, je m'inquiétais plutôt pour la valeur de nos parts en fonction de la nouvelle équipe de management, susurre Lynn avec la même acidité.

— N'ayez pas d'inquiétude, intervint Ingmar sobrement, Natasha a déjà travaillé dans le tourisme.

— Oui, j'imagine bien, coupe Lynn impertinente.

— Nous allons nous revoir prochainement, poursuit Ingmar imperturbable, car nous convoquons une assemblée générale extraordinaire de Nirwan, disons dans trois jours au siège de la société à Paris, pour élire un nouveau conseil d'administration suite aux mutations de titres dues au décès de Quentin.

— Tu veux dire quoi, Ingmar, interroge Lynn, que la récréation est terminée, on rentre à Paris comme si de rien n'était, enfin si, on rebat les cartes au conseil d'administration ? mais enfin tous les actionnaires sont ici représentés, on peut déjà discuter, non ?

— Non, bougonne Ingmar, il manque un actionnaire.

— Ah tiens, mais qui ? s'énerve Lynn.

— Ce n'est pas le lieu pour en parler, tranche Ingmar sinistre, rendez-vous, disons le 19 novembre à 10 heures au siège, rue de Châteaudun. En attendant je présente mes excuses à Alex Fergusson, qui est venu de Tokyo pour une transaction qui n'aura pas lieu.

— Mais pourquoi ce revirement inopiné ? relance Lynn, pourquoi n'es-tu plus vendeur ? c'était le cas, il y a quelques minutes, non ?

— Je viens d'avoir un contact avec le nouvel actionnaire, c'est tout, pour l'instant.

— Tu es bien mystérieux, Ingmar, mais d'où tient-il ses actions ? demande Lynn.

— Je lui ai cédé une partie des miennes, bafouille Ingmar sous le regard courroucé de Natasha.

— Mais quand ? poursuit Lynn sur sa lancée.

— Cela suffit, abrège sèchement Natasha, nous verrons cela à Paris, rendez-vous là-bas.

Tout le monde se regarde, abasourdi par une telle chute. Ingmar se lève, fait signe à Natasha de le suivre, et s'adressant aux autres :

— J'ai appelé l'hélicoptère qui nous attend dehors, nous allons à Queenstown prendre un vol de retour, à dans trois jours donc !

Dans un grand silence, Ingmar et Natasha sortent de la library, sous le regard des deux policiers postés à l'entrée de l'hôtel, inquiets de l'attitude à avoir face à ce couple qui ne semble pas faire partie de leur mission de contrôle et qui s'apprête à repartir comme ils sont venus, en hélicoptère.

Un des policiers, saisi quand même d'un doute, sort son téléphone de sa poche et lance un appel alors que le couple, dehors, est prêt à grimper dans l'appareil dont les pales tournent déjà.

Lynn, Marijo, Robert et Tom échangent des regards mi-figue, mi-raisin.

Tandis qu'Alex Fergusson, le visage fermé, s'éloigne légèrement pour prendre un appel téléphonique qui lui semble important, Robert se lâche :
— Je rêve ! Je prépare depuis des mois ce dossier concernant une vente difficile avec Greenstone, et monsieur Ingmar Lundqvist nous claque entre les doigts en deux secondes, mais que se passe-t-il ?
— Il y a eu un événement, réfléchit Marijo, qui nous échappe, visiblement lié à cette histoire de nouvel actionnaire, qui cela peut-il être ?
— Oui mais moi, je suis venue avec Tom, intervient Lynn, pour résoudre le mystère de la disparition de Quentin et nous n'étions pas loin d'y arriver ? cette histoire d'actionnariat vient s'ajouter et je ne vois pas à quel moment elle peut y être liée.
— Mais enfin, éructe Alex qui revient dans la partie, c'est un peu fort de café ! allez-vous m'expliquer pourquoi cette transaction n'a pas lieu ?
— Je crois, propose Lynn, que je vais donner la parole à Tom qui a tout entendu sur nos négociations, maintenant avortées d'ailleurs, et qui possède des informations que nous n'avons pas, alors à vous Tom.

Tom prend un instant pour rassembler ses idées, tout en se rappelant qu'il y a à peine huit jours il se présentait, pour sa première mission, au domicile de Lynn, sans expérience et sortant de nulle part :
— Bien, Alex, d'abord sachez que jusqu'à hier nous pensions tous qu'une vente aurait lieu avec Greenstone,

l'incertitude pesant juste sur le nom des vendeurs de Nirwan que vous alliez choisir.

— C'est tout à fait cela, Alex, s'exclame Lynn, qui ne veut pas être accusée d'une quelconque manipulation.

— Par contre, poursuit Tom, sur la demande de Lynn, j'ai mené une enquête sur la mort de Quentin, je crois que son assassinat peut être lié à une prise de contrôle de la société Nirwan, ensuite mon enquête qui risquait de révéler trop de choses a déclenché tout un enchaînement de faits graves.

— Si je traduis votre pensée obscure, Tom, le meurtrier de Quentin est un actionnaire, avance Robert en mettant les pieds dans le plat.

— Pour moi, c'est sûr depuis longtemps, appuie Tom, mais en plus il y a une dimension qui nous échappe, peut-être encore plus importante que ce meurtre, ou plutôt non, que cet assassinat, soyons clair.

— Oui, soyons clair, s'énerve Alex, puisque Lynn et Marijo sont ici avec nous et que vous parlez sans retenue devant elles, vous sous- entendez par conséquent que l'actionnaire coupable est Ingmar, ou Natasha, ou les deux ?

— Oui, balance Tom avec l'aplomb de sa jeunesse, ils ont pris le contrôle de Nirwan, grâce, si je puis dire, au décès de Quentin. La première option est donc de vendre leur part majoritaire au prix fort à vous Alex, mais il peut y avoir, cachée, une deuxième option, plus secrète, d'où la présence de ce mystérieux nouvel actionnaire, on en saura sans doute plus dans trois jours à cette assemblée à Paris. Par contre Donovan m'avait… ah bon sang je devais le rappeler, excusez-moi un instant.

Comme mû par un ressort, Tom bondit de son fauteuil, le téléphone à la main, sort sur la pelouse et joint Jim Donovan :

— Ah quand même, soupire Jim, je peux vous parler ?

— Oui, oui, allez-y, répond Tom avec impatience.

— Alors accrochez-vous, Tom ! De forts soupçons pèsent sur Ingmar...

— Vous voulez dire qu'il est directement impliqué dans l'organisation des crimes !!

— Oui, je disais, des forts soupçons pèsent sur Ingmar, d'une part ses initiales figurent plusieurs fois dans l'agenda de Piotr, bon, des initiales ce n'est pas une preuve, mais d'autre part Ingmar a tenté de joindre aujourd'hui Piotr par téléphone, c'est un appareil laissé dans la chambre d'hôtel de Piotr et récupéré par nous. Ensuite il a appelé Paris, le siège de Nirwan, d'où il a pu passer ou recevoir des ordres.

— Les pièces du puzzle se mettent en place, ajoute Tom.

— Attendez ! Piotr Siniviev, qui est donc soupçonné de deux meurtres au moins, et en fuite actuellement, est aussi le possesseur du pistolet Glock qui a tiré à travers la porte de votre chambre d'hôtel. Par ailleurs la section financière de notre police a retrouvé le virement envoyé depuis la Westmore Bank de Turk and Caicos, mais l'identité du donneur d'ordre n'est pas établie. Elle a aussi repéré la sortie de cash de Piotr au profit du guide Terry qui est mort il y a 2 jours dans le port d'Auckland. Ingmar a donc essayé de joindre ce Piotr sur son portable. Rien sur Natasha par contre, mais pour Ingmar l'étau se resserre, nous allons l'appréhender...

— Mais Jim, Ingmar vient de partir avec Natasha en hélico.

— Quoi ? pour où ?

— Il a parlé de Queenstown pour y prendre un vol pour la France.
— J'essaie de le bloquer, je vous rappelle, et Donovan raccroche.

Tom revient dans le lodge, sous le regard interrogatif d'Alex, de Robert et des deux dames Dervaux, il leur fait alors un compte rendu de l'appel de Donovan.

Lynn ne bouge pas, abasourdie mais muette, malgré ces accusations envers celui qui pourrait être l'assassin du père de sa fille, elle attend que Tom lui propose une stratégie pour démêler cette situation.

Marijo se lève « je vais fumer sur la terrasse, cela devient compliqué », Lynn et Robert s'observent, muets, tandis que Tom réfléchit, il est persuadé que Ingmar, avec ou sans Natasha, est bien sûr dans le coup, mais apparemment il ne donne pas l'impression d'avoir toutes les cartes en main, quant à Natasha elle paraît bien trop en retrait pour avoir géré une telle opération, mais ce n'est qu'une impression, ou alors un troisième personnage est aux commandes, derrière tout cela.

Alex se lève lentement, on ne peut pas gagner tous les jours, il se tourne vers Lynn et lui dit qu'il part, restant à sa disposition si la situation devait évoluer dans un sens différent. Lynn lui précise qu'elle sera avec Marijo dans trois jours à Paris, qu'elle en saura plus alors.

Alex ajoute pour Lynn :
— Je ne sais pas si la transaction aura lieu dans un futur proche, mais il est clair que votre société a perdu dans un…

accident son dirigeant, et maintenant son remplaçant semble devoir... disons, s'en aller aussi. Votre société est décapitée, les rumeurs vont faire baisser les cours, des questions vont même se poser sur la véracité des comptes audités par nous récemment, bref, si une signature devait être envisagée prochainement, je devrais d'abord réviser mon évaluation de la société en forte baisse, je confirme que, pour l'instant, je ne suis acheteur que du bloc majoritaire. Bien sûr, si Ingmar et Natasha décident de conserver leur bloc majoritaire, je retire toutes mes propositions.

Tom a observé Alex, se dit que c'est du grand art, en quelques minutes, Alex réduit son offre face à des actionnaires affolés comme un troupeau de moutons qui voit un loup approcher, d'ailleurs Tom sent qu'Alex est bien ce genre de loup des affaires, il ne faut pas être en situation de devoir espérer de lui une quelconque clémence.

Lynn, rejointe par Marijo, n'est pas en situation d'argumenter, elles semblent toutes deux se contenter de quelque somme que ce soit. Mais Alex dit ne s'intéresser qu'à un bloc majoritaire, donc elles vont être hors-jeu après l'assemblée générale du 19 novembre.

Soudain des éclats lumineux bleutés traversent le hall, une voiture freine violemment sur le gravier du parking, une porte claque, une voix forte lance un ordre, et quelques instants plus tard c'est Gibbson qui arrive en coup de vent, il croise d'ailleurs sur le perron Alex qui s'en va, après avoir récupéré dans le hall son notaire maître Ashley et son secrétaire, Walt Steiger.

Il entre en furie dans l'hôtel et s'adresse à Tom :

— Mais vous avez laissé partir Ingmar, Donovan vous avait dit de nous avertir !
— Je n'ai rien pu faire.
— J'appelle Donovan, quel est le nom de la compagnie d'hélicoptère ?
— C'est SouthAir basé à Te Anau, juste à côté.
— De toutes façons, ajoute le policier, vous le savez bien, tous les hélicoptères ici ont une balise de localisation branchée en permanence, puisqu'ils interviennent dans des zones à risque, dans les montagnes, sans cette balise, il pourrait nous falloir des semaines pour repérer un hélicoptère au sol. Bon, j'appelle la compagnie pour localiser l'hélico et aussi Donovan à Auckland pour le suivi.

Tout le monde se regarde, cette réunion commence à ressembler à une danse sur un volcan... C'est la trahison de Ingmar qui est la plus difficile à digérer pour Lynn et Marijo :
— Je n'arrive pas à croire qu'il ait pu penser un tel plan tout seul, qu'il ait pu pousser Natasha à se marier avec Quentin, pour ensuite... non, cela ne colle pas, mais c'est à peine pensable que ce soit Natasha qui ait mis tout en scène, et qui progressivement... réfléchit Lynn à haute voix.
— Ingmar a-t-il un jour demandé à voir sa participation dans Nirwan augmenter ? questionne Marijo.
— Non, pas clairement en tout cas, se remémore Lynn, mais je dois dire que lorsque les pourparlers avec Greenstone ont progressé, il a sans doute dû prendre conscience que sa position minoritaire allait se trouver fort dévaluée, il a peut-être basculé à ce moment avec rancœur contre nous ? Mais au point de vouloir faire assassiner son partenaire dans la société ?

— L'arrivée de Natasha a-t-elle coïncidé, intervient Tom, avec la phase principale des négociations avec Greenstone ?
— On pourrait dire que oui, soupèse Lynn, on pourrait…
— Il manque beaucoup de pièces à ce puzzle, on n'arrivera à rien comme cela, on en saura plus à cette assemblée générale dans quelques jours, conclut Tom, un peu désabusé.

Interruption de Gibbson qui veut maintenant rassembler son petit monde pour faire le point : Lynn, Marijo, Tom et Robert. Il saisit son carnet de notes et commence :
— Lynn, savez-vous quand Natasha a rencontré Quentin ?
— Oh je ne sais plus, sans doute au cours du premier semestre.
— À une soirée de réveillon, le 31 décembre dernier, intervient Marijo, sous le regard interrogatif de sa mère.
— Vous, Lynn, vous avez quitté Quentin, et la France du même coup pour New York quand ?
— Fin avril, dit Lynn, quand j'ai constaté que Quentin avait emménagé avec Natasha depuis plusieurs semaines. J'ai alors demandé à Quentin si ses intentions de vivre avec Natasha étaient fermes, il m'a dit oui, je lui ai donc proposé d'entamer un divorce qui a eu lieu le 10 juillet.
— Natasha s'est mariée avec Quentin le…
— Le 27 septembre, précise Robert, qui est bien payé pour le savoir. Ils avaient décidé de se marier dès le divorce prononcé.
— Qu'ont-ils fait ensuite ?
— Quentin voulait retourner en Nouvelle-Zélande, poursuit Marijo, où il avait acheté une maison ici à Te Anau au premier semestre. Ce devait être un peu comme une lune de miel.

— Et… l'accident de Quentin a eu lieu le… Gibbson consulte ses notes, le 18 octobre. Vous Tom vous êtes arrivé en Nouvelle-Zélande le 12 novembre, votre marche a eu lieu le 13 novembre, Terry a été assassiné le 14 novembre et nous sommes le 16 novembre donc.
— C'est exact, confirme Lynn.
— Donovan m'a appelé depuis Auckland, poursuit Gibbson, je crois qu'il vous l'a dit aussi, Tom : Piotr aurait été militaire, en Russie, peut-être dans les forces spéciales, mais je ne sais pas en quoi cela consiste exactement.
— Oui, il m'en a dit un mot, acquiesce Tom.
— Une question plus personnelle, Natasha avait-elle des relations plus… intimes avec Ingmar ?
— Vous vous demandez s'ils ont couché ensemble ? questionne Marijo.
— Oui, en quelque sorte, bredouille Gibbson
— *Of course*, lui sourit Marijo.

Un appel de Jim Donovan à Gibbson, à nouveau, interrompt la conversation :
— Jim ?
— Oui, je t'appelle pour Ingmar, il a déjà décollé de Queenstown dans un avion privé qu'il avait dû réserver, un petit jet, destination Hobart en Tasmanie, d'après le plan de vol.
— Bon sang, c'est foutu, il aurait fallu le bloquer avant, je te rejoins à Auckland, l'extrader de Hobart ne sera pas facile…
— Comme tu dis…, fait Jim dubitatif, et les autres ?
— On n'a rien contre eux, ils peuvent partir, il faudra rendre son passeport à Tom.
— Dis à Tom que je le lui remettrai lorsqu'il transitera à l'aéroport d'Auckland.

— OK à bientôt, conclut Gibbson.

Le policier néo-zélandais se tourne vers ses interlocuteurs, et leur explique qu'ils peuvent poursuivre leurs déplacements à leur guise, l'enquête va se poursuivre avec détermination car il s'agit de trois assassinats sur le sol national qui ne resteront pas impunis, Quentin, Terry et Erwan.

Tom interrompt Gibbson :
— Vous pourriez peut-être ajouter un 4e nom à votre liste, en vérifiant comment Benjamin Brandon, employé à la Northwestern Bank, a trouvé la mort quelques jours après avoir passé les écritures de compte entre Piotr et Terry.

Gibbson, étonné de la remarque de Tom qui semble détenir un tas d'informations sur cette enquête, prend note de ces indications, il se décide à accorder plus de considération à Tom, qui passe de suspect à témoin privilégié dans sa hiérarchie secrète.
Puis il ajoute que disposant de deux véhicules, il peut déposer tout le monde à l'aéroport de Queenstown, proposition qui recueille tous les suffrages.

Les quatre montent dans leurs chambres, remplissent en toute hâte leurs valises, et dans un grand tintamarre de roulettes de valises dégringolent l'escalier pour rejoindre Gibbson dans le hall.
Lynn et Marijo décident de rester encore une nuit dans le pays avant de retourner en France où elles devront assister à cette assemblée générale de Nirwan.

Tom et Robert, qui semblent commencer à sympathiser, s'accordent pour trouver ensemble le premier vol disponible pour Paris.

Tout le monde s'engouffre dans les deux véhicules de police qui démarrent en trombe, gyrophares allumés.

À l'aéroport de Queenstown, Lynn et Marijo prennent un billet pour Blenheim où elles veulent passer la nuit. Lynn prend Tom à part et lui demande de rester à Paris à sa disposition jusqu'à cette assemblée, à l'issue de laquelle sa mission devrait, d'une façon ou d'une autre, se conclure. Tom quoiqu'un peu secoué par les évènements qu'il vient de vivre n'hésite pas à lui donner son accord, on ne quitte pas le navire à ce moment-là ! Lynn le prend dans ses bras et lui fait une bise chaleureuse, Marijo l'embrasse longuement sur la bouche avec un petit sourire.

Robert et Tom trouvent un vol pour Auckland avec correspondance rapide pour Paris par Dubaï. Tom appelle Jim Donovan pour convenir avec lui d'un rendez-vous à l'aéroport d'Auckland, « pour me rendre mon passeport » ajoute Tom avec un sourire.

Curieuse ambiance, tout le monde se presse, les groupes se séparent, des bras s'agitent de loin, de plus en plus loin, chacun est dans ses pensées, inquiet de la tournure des évènements, concentré sur ce qui doit suivre. L'épisode douloureux en Nouvelle-Zélande est en train de se terminer.

Aéroport d'Auckland, terminal international, va-et-vient incessant d'hommes d'affaires courant vers leurs portes d'embarquement et de touristes se pressant dans les boutiques duty free. Il se fait tard, dans une sorte de pub irlandais, Tom et Jim se rejoignent, accompagnés de Robert qui a choisi de se mêler à eux.

Jim est très énervé, il insiste pour préciser que le faisceau de preuves contre Ingmar est indubitable, mais il reconnaît que le rôle de Natasha n'est pas clair, sans parler de ce nouvel actionnaire mentionné par Ingmar. Tom et Robert l'écoutent en croquant dans leurs cheeseburgers.

Baissant la voix, Jim annonce à Tom qu'il va demander à Gibbson un congé d'une semaine, qu'il compte utiliser pour venir en France suivre les péripéties de cette assemblée, et donc il souhaiterait que Tom puisse l'aider, il dit même « faire équipe » avec lui.

Tom réfléchit à cette proposition :

— Certes, je te recevrai avec plaisir, tu es le bienvenu car on a besoin de renforts, mais tu sais bien qu'en tant que policier étranger à Paris tu n'as aucune marge de manœuvre, mais bref voici mes coordonnées à Paris, je t'attends donc dans deux ou trois jours

— Je vais préparer le dossier complet de notre enquête à ce jour, ajoute Jim qui en profite pour remercier Tom, j'y joins les copies du carnet de Terry, les initiales de Ingmar, l'appel téléphonique de Ingmar sur le portable de Piotr, l'analyse balistique du Glock de Piotr. À propos ce Benjamin Brandon qui travaillait à la Northwestern Bank a donc été retrouvé dans sa voiture, sur un parking, suicidé d'une balle dans la tempe droite, mais ensuite il a dû perdre son arme qui n'était pas dans la voiture, si tu vois ce que je veux dire. Je vais aussi inclure le virement qui vient de la Westmore Bank, bref je te donnerai ce dossier complet en arrivant à Paris pour que tu puisses le déposer à votre police .

Tom et Robert hochent de la tête :
— C'est très bien, commente Robert, mais faut-il alerter la police avant ou après notre assemblée Nirwan ?
— C'est à voir, répond Tom, on pourrait laisser le clan Ingmar abattre ses cartes, on en saura plus, ensuite on a encore tout le temps de porter le dossier à la police ?

Jim et les deux Français échangent une solide poignée de main et se séparent, « *see you soon* ! »

À l'appel de l'embarquement de leur vol vers Dubaï, Tom saisit son portable et appelle sa secrétaire.
Comme il est 22 heures, et donc 10 heures à Paris, Twiggy décroche, essoufflée, elle vient d'arriver au bureau :
— Quoi, c'est toi, patron ?
— J'aime bien quand tu m'appelles patron, sacrée Twiggy !
— Bon alors, Tom c'était comment cette semaine de vacances à l'autre bout du monde ?
— Ah Twiggy je reprends juste mon souffle, l'enquête vient de se terminer, en tout cas pour la partie néo-zélandaise.
— Alors tu rentres ?
— Oui, bien sûr.
— Et c'était compliqué, je veux dire par exemple par rapport à Gonfermon ?
— À qui, je n'ai pas compris ?
— Mais l'affaire Ginou Gonfermon, tu sais, celle que tu as…

— Oui, oui, j'y suis, pas de détails, alors disons que ce n'était pas pareil.

— Forcément, tu devais parler anglais toute la journée… sauf avec madame Dervaux peut-être ? et la petite Marijo, cela te convenait ?

— Mais enfin, Twiggy, tu es incorrigible, bon tu auras tous les détails importants à mon retour, mais tu sais, je me suis souvent demandé, cette semaine, si ce métier était fait pour moi, j'ai l'impression d'avoir vieilli de dix ans en une semaine, mon caractère a changé, ou bien je me suis découvert des aptitudes que j'ignorais.

— Ah mais ne change pas de job, Tom, j'ai ici un dossier, une nouvelle affaire qui t'attend, tu vas être gâté, je ne t'en dis pas plus, reviens vite !

Au cours du vol, Tom et Robert font plus ample connaissance, ils s'aperçoivent qu'ils œuvrent tous deux au service de la même famille Dervaux, Tom se met à apprécier la rigueur morale de Robert, qui lui, de son côté, s'est pris d'estime pour ce jeune partenaire inventif et résolu, on enterre donc la hache de guerre, on boit même ensemble un whisky apporté par l'hôtesse, puis ils décident carrément de faire un tour au bar de l'A380, au troisième whisky ils en sont presque à se taper sur l'épaule, Robert fend l'armure, on s'envoie du « Tom » et du « Robert » ou du « cher Maître » en riant, on décompresse surtout :

— C'est l'avion qui bouge comme cela ? demande Tom au steward du bar.

— Non, Monsieur, l'avion lui est parfaitement stable, mais peut-être souhaitez-vous qu'on vous raccompagne à votre siège ?

Robert s'immisce dans la conversation « monsieur le steward, voilà une excellente... hip... suggestion », on tangue jusqu'à son siège, escorté par le steward, on s'affale sur le siège mis en position lit, on se souhaite bonne nuit, dans la cabine plongée dans le noir et bercée par le ronronnement des quatre puissants moteurs.

Chapitre 13

Jour gris et pluvieux sur Paris ce 18 novembre.

Tom était arrivé la veille en début d'après-midi, il était passé à son bureau où Twiggy était absente, pas de message sur sa table de travail, alors il avait décidé de partir se coucher dans son studio près de la rue Mouffetard.

Un appel de Lynn le surprend ce matin alors qu'il tente de se glisser hors de son lit. Elle lui fait part de l'heure de l'assemblée générale qui doit élire le conseil d'administration, le lendemain à 10 heures rue de Châteaudun, elle précise qu'elle y assistera avec Marijo, elle a aussi demandé à Robert de l'épauler dans la discussion et elle souhaite que Tom se joigne à eux pour cette réunion.

Pour accorder leurs violons, elle lui demande de les retrouver vers 9 h 30 dans un café, le Balthazar, situé près de l'angle de Châteaudun et de la rue Taitbout.

Elle semble un peu lasse, voix fatiguée, un peu désabusée, sans doute le cas Ingmar la perturbe fortement, une telle trahison, si elle est avérée, lui ôterait toutes ses illusions, mais après tout, pense Tom, on ne peut être trahi que par ses amis...

Il raccroche, traîne un peu dans son studio, se chauffe une boîte de raviolis, écoute un peu de musique, pourquoi pas Schubert, la Jeune Fille et la Mort ? en milieu d'après-midi il s'endort à nouveau, les douze heures de décalage horaire ont eu raison de lui.

Il est réveillé par quelqu'un qui toque à sa porte, « Tom, c'est moi » fait une petite voix féminine. Le temps de reprendre ses esprits, il se lève péniblement, enfile son vieux peignoir en éponge, tout effiloché, qui doit bien avoir plus de quinze ans, avance en trébuchant jusqu'à la porte :

— Salut patron, je te réveille en pleine après-midi ? minaude Twiggy.

— Mais que fais-tu là ?

— J'ai essayé de t'appeler sur ton téléphone, j'ai laissé vingt mille messages, se justifie Twiggy.

— Ah zut c'est vrai, j'ai dû remettre le mode avion.

— C'est toi qui as toujours l'air d'être en plein vol, cheveux hirsutes, ta barbe de trois jours, tu n'as pas l'air clair, mon grand, je venais prendre de tes nouvelles.

Tom s'en est retourné à son matelas, par terre, il se laisse tomber dessus, resserre son peignoir, cherche où est le drap, Twiggy vient s'asseoir à côté de lui, sur le matelas :

— Tu n'as pas bonne mine, Tom, tu sais.

— Je suis fatigué, très fatigué, surtout stressé par cette mission.

— Mais tout s'est bien passé, non ?

— Non, j'aurais dû faire mieux.

— Quoi, par exemple ?

— Déjà, le jour où le tueur, qui entre parenthèses est toujours en liberté, m'a tiré dessus à travers la porte de ma chambre d'hôtel : la police m'a interrogé, comme j'étais inquiet, je ne leur ai pas tout de suite donné les documents que j'avais pris chez Terry, on a ainsi perdu deux jours, qu'on aurait pu mettre à profit pour capturer peut-être le tueur, la police aurait eu assez d'éléments pour appréhender Ingmar et l'interroger…

— C'est grave ?

— Oui absolument, ce tueur est à mettre hors d'état de nuire dès que possible, je me demande où il peut bien être. Je dois aller demain au conseil d'administration de Nirwan…

— Toi, mon grand ?

— Oui Lynn m'a « invité » à la réunion, ce sera mon dernier jour de travail pour elle, quoiqu'il arrive ma mission s'arrêtera ensuite, alors tu parles d'un succès pour moi ! j'y irai avec Lynn, Marijo et Robert, cela risque bien d'être chahuté car il y aura Natasha, Ingmar et sans doute un autre actionnaire, les soupçons qui pèsent sur Ingmar sont très lourds, même si nous n'avons pas de preuves formelles, juste des coups de fil à ce Piotr Siniviev qui semble bien être le tueur.

— Bon, je vois, il faut que tu te détendes, tu dois te reposer, Tom... tu veux qu'on baise ?

Tom esquisse un sourire, façon « sacrée Twiggy » et soupire, alors Twiggy, adepte de l'adage « qui ne dit mot consent » glisse sa main sous le peignoir, qui n'attendait que de s'ouvrir, et prend les choses en main...

Chapitre 14

Tom se réveille le jour suivant, 19 novembre, ayant oublié de brancher son réveil, mais par chance juste à temps à 9 heures, saute dans son jean, passe une chemise, bleue bien sûr, enfile des mocassins un peu élimés, attrape son blazer à tout faire (en tout cas à lui donner au moins un petit air de respectabilité), saisit son téléphone et son portefeuille, ah oui ses clés aussi et son carnet de notes, puis il bondit dans la cage d'escalier après avoir claqué la porte d'entrée.

Débouchant sur la rue, Tom s'arrête pour s'abriter de la pluie fine et froide qui l'accueille, puis réfléchit au trajet en métro, quelle ligne ?, au fait où est cette diable de rue de Châteaudun, ah oui Opéra ou pas loin, bon allez, on fonce.

Dans le métro, Tom reçoit un email de Jim Donovan, précisant qu'il arrive dans Paris vers 11 heures et se dirigera vers son bureau de la rue de l'Odéon. Tom appelle tout de suite Twiggy pour la prévenir :

— Ah patron, déjà des nouvelles ?

— Oui, Jim Donovan le policier néo-zélandais avec qui j'ai d'ailleurs sympathisé arrive en fin de matinée à Paris, il veut poursuivre son enquête ici, car ce Piotr aurait quand même tué au moins trois ou quatre personnes dans son pays et je subodore qu'il veuille se mêler à l'arrestation de ce Piotr au cas où ce dernier se trouverait dans les parages, donc je te demande de l'accueillir et de lui fournir toutes indications dont il aurait besoin.

— Il est beau garçon ?

— Twiggy, ce n'est pas la question bon sang, donne-lui l'adresse de notre réunion chez Nirwan, dis-lui aussi qu'il peut nous attendre au Café Baltazar, à côté du siège social de Nirwan.

— OK chef.

Le balancement du métro berce Tom, qui manque de s'endormir, il doit se secouer, il pense à cette journée, la dernière de son contrat avec Lynn, il cherche de nouveau à faire le point de son efficacité, qu'a-t-il vraiment apporté à Lynn ? il a plutôt la sensation d'avoir pataugé un peu trop, et même… « bon sang, station Notre-Dame de Lorette, je dois descendre ici » Tom jaillit de la rame de métro juste à temps avant la sonnerie des portes qui vont se fermer.

Il est 9 h 40 quand Tom fait son entrée dans le Café Baltazar, non loin du coin de Châteaudun et Taitbout, il repère immédiatement le groupe attablé au fond de la salle comme des conspirateurs garibaldiens.

Il s'en approche sous le regard furibond de Lynn qui lui reproche son retard. Il fait un geste un peu gêné pour saluer tout le monde en même temps (pas de bise aux dames) et s'assied entre Robert et Marijo.

Lynn a troqué ses tenues affriolantes pour un ensemble veste pantalon trop sage et un chemisier blanc, Marijo s'est rabattue sur une tenue de combat, jean Armani et blouson aviateur en cuir brun, petit pull fin, et bottines de daim. Robert sera toujours Robert, complet de travail neutre, comme le héros de « 9 semaines et demie ». Globalement on sent que cela ne va pas rigoler…

Tom prendrait bien un café et un croissant, il voit sur la table trois tasses déjà vidées et des miettes de viennoiserie, mais personne ne songe à lui proposer quoi que ce soit.

Lynn reprend les débats :
— Nous devons demander pourquoi Ingmar n'est plus vendeur, ensuite pourquoi il nous lâche et s'associe à Natasha, enfin si c'est bien lui qui est derrière l'assassinat de Quentin et comment il a pu en venir là ?
— Il y a une explication commune à tes trois questions, intervient Marijo, c'est de plus en plus clair, c'est Natasha, non ?
— J'ai du mal à comprendre Ingmar, précise Robert, car je l'ai côtoyé ces derniers mois, je n'ai jamais eu de tels soupçons, ou alors c'est un très bon acteur.
— Oui mais ta remarque, Robert, c'est nul, bondit Marijo, c'est comme à la télé quand ils interviewent les voisins du tueur

en série, ils te disent tous « quel gentil garçon c'est, pas possible que ce soit lui ».

— Peut-être, accepte Robert, pour aller dans ton sens j'ai quand même senti entre le premier semestre où nous discutions, Ingmar et moi, avec Alex Fergusson de la vente de Nirwan, et les mois de septembre-octobre où Quentin s'était donc marié, un changement d'attitude de la part de Ingmar, il était plus inquiet, plus nerveux, moins souriant, mais ce n'est pas une preuve de quoi que ce soit !

— Pour en revenir au Conseil de… oh mais il faut qu'on y aille, s'exclame Lynn, si Ingmar ne vend pas, il va sans doute procéder à des changements de poste d'administrateur, non, Robert ?

— Excusez-moi d'intervenir, lâche Tom en se raclant la gorge, mais les résultats de mon enquête et les éléments dont dispose la police néo-zélandaise font perdre à Ingmar toute légitimité pour diriger un Conseil d'administration, non ?

— Comment comptes-tu présenter ces semblants de preuves au Conseil, tu n'as pas encore le dossier de Jim ? coupe brutalement Robert.

— Je ne sais pas mais je suis de l'avis de Tom, insiste Lynn, on peut commencer par essayer de les déstabiliser avec ces informations de Donovan sur les coups de fil de Ingmar à ce Piotr, bon, allez, on doit lever le camp !

Le seul point positif, se dit Tom à la sortie du Café, en remontant le col de son blazer, c'est qu'il ne pleut plus, enfin pour l'instant.

Le groupe de conspirateurs traverse la rue, la tête plutôt basse, en écartant d'un geste les voitures qui ne ralentissent pas vraiment à leur passage, Lynn est en tête, suivie de Marijo et Robert, côte à côte, Tom ferme la marche, il sent qu'il n'a pas la cote ce matin.

Nirwan occupe les trois premiers étages de cet immeuble haussmannien de six étages, le reste des étages, présentement inoccupés, étant en général loué à des sociétés filiales du groupe.

Au rez-de-chaussée, il y a un accueil pour les partenaires commerciaux de Nirwan, compagnies aériennes, hôtels, Lynn s'annonce au comptoir principal, l'hôtesse lui indique qu'ils sont attendus au troisième étage. Lynn considère quand même qu'elle est encore chez elle, elle connaît par cœur les lieux qu'elle a elle-même contribué à créer. C'est aussi cela qui la ronge, devenir une étrangère chez elle.

Les quatre s'engouffrent dans l'ascenseur, en un instant ils débouchent sur le palier du troisième étage : à leur droite un espace ouvert où travaillent une trentaine d'employés, penchés sur leur écran d'ordinateur, au milieu face à eux un large hall, sorte d'espace libre où attendent patiemment des fauteuils d'accueil, à leur gauche une grande salle de réunion, vitrée, où se tiennent d'ailleurs trois personnes qui, en voyant arriver le groupe de quatre, se lèvent et viennent à leur rencontre.

C'est le moment crucial, comme sans doute quand la capsule Soyouz veut s'arrimer, ou pas, à la station internationale en orbite...

Lynn dévisage ces trois-là, Ingmar, Natasha et un type râblé, large d'épaules qu'elle ne connaît pas.

Ingmar a la mine fripée, pas assez dormi ? ou fait la fête ? non, pense Lynn, qui le trouve sinistre, pas un sourire, comme si des années de complicité dans les affaires avaient été rayées d'un trait de plume. Il est vêtu d'un complet en tweed mal repassé et d'une chemise blanche qui devait l'être la veille mais pas aujourd'hui. Les chaussures noires auraient mieux fait d'être cirées. C'est pour ainsi dire une tenue d'enterrement.

Natasha porte aussi un tailleur-pantalon noir qui cache la plupart de ses charmes, elle n'est pas maquillée, et elle s'est affublée de petites lunettes de vue en équilibre sur le bout de son nez pour bien marquer qu'on n'est pas là pour s'amuser.

Le troisième personnage confirme tout cela par son aspect et sa tenue. Il a le type plutôt slave, des traits ruraux de la vie au grand air, le teint rougeaud d'un sanguin qu'il ne faut pas chatouiller, des mains d'étrangleur, des petits yeux porcins.

Les deux groupes se font face, en silence, Ingmar choisit de marmonner un « bonjour » rugueux, Lynn hoche de la tête sans dire un mot, puis un silence général, pesant. Des regards hostiles s'échangent, Natasha propose de l'accompagner dans la salle de réunion, les quatre conspirateurs la suivent, Ingmar et l'inconnu ferment le ban.

Natasha pénètre dans la salle, s'efface pour laisser entrer les quatre, en leur indiquant d'un geste de la main de s'asseoir d'un côté de la longue table de conférence, mais au moment où Tom, qui ferme la marche, pénètre à son tour dans la salle, elle lui bloque le passage de son bras tendu, la main en opposition. Tom s'arrête, Lynn, Marijo et Robert se retournent, Ingmar et l'inconnu sont juste derrière Tom :

— Je regrette, annonce Natasha qui n'a pas du tout l'air de regretter, mais vous ne pouvez pas assister à l'assemblée générale qui n'accepte que les actionnaires.

— Comment ? s'indigne Lynn, c'est inqualifiable ! et Robert alors non plus ?

— Si, Robert intervient comme notaire du groupe, il a sa place à la table du Conseil, comme toujours, mais votre détective n'a que faire ici, lâche Natasha sur un ton qui n'admet pas de réplique.

— C'est bon, Tom, capitule Lynn avec une grimace, attendez- nous dehors, là, dans le hall.

Alors que Tom s'apprête à faire demi-tour, Marijo le retient par la manche et lui dit à voix basse qu'elle va l'appeler sur son téléphone, qu'il garde la ligne ouverte, il pourra entendre tout ce qui se dit dans cette réunion, Tom fait signe qu'il a compris et sort.

Tom va s'installer dans un des fauteuils qui attendaient placidement les visiteurs, en faisant face à la salle vitrée d'où il voit très bien tout le monde s'installer, d'un côté Lynn, entourée de Marijo à sa droite et Robert à sa gauche, faisant face à Natasha entourée de Ingmar à sa gauche et l'inconnu à sa droite.

Marijo appelle Tom sans parler, vérifie qu'il a bien pris la ligne, repose son téléphone devant elle, le son poussé au maximum. Tom a mis une oreillette dans son oreille droite et reposé son portable sur une table basse.

Les équipes sont en place, la partie va commencer... Entame de Natasha :

— Je voudrais vous présenter Serguei Bulganov qui se présente à un poste d'administrateur ce jour.

— Peut-on savoir d'où sort ce monsieur Bulgarkoff, lance Marijo impertinente.

— Bulganov, Madame, lance l'inconnu (qui ne l'est donc plus) d'une voix gutturale qui fait froid dans le dos.

— C'est un professionnel de notre secteur qui a investi dans notre groupe, précise Natasha.

— Vous parlez de quel secteur précisément ? tacle Marijo, passablement remontée.

— Du tourisme évidemment, cessons cette guéguerre, Marijo, Serguei est russe, il a travaillé dans de nombreuses sociétés à travers le monde, un homme très qualifié, affirme Natasha sur un ton acerbe pour montrer que c'est bien elle qui est à la manœuvre dans cette réunion et non plus les Dervaux.

Lynn se tourne vers Robert pour voir s'il a une objection à cette présentation plus que succincte, Robert fait juste une moue pour signifier qu'il faut d'abord attendre la suite, sous-entendu bien plus importante.

Marijo jette un œil à Tom qui a suivi cet échange, il hoche la tête de biais façon « cela démarre mal ».

Natasha reprend le contrôle de la réunion, on sent bien à sa voix qu'elle a les atouts en main :

— Tout d'abord je dois faire le point des participations de chacun, ce qui permettra de passer ensuite au vote des administrateurs, nouveaux ou maintenus.

— On vous écoute, murmure Lynn d'une voix, qui s'attend au pire.

— Bien, donc hier des transactions ont été enregistrées dans les livres de Nirwan, concernant la détention des titres. Comme vous le savez la situation antérieure était Ingmar avec 40 %, Lynn avec 20 %, Marijo et moi-même avec chacune 20 % hérités des 40 % détenus par Quentin, mon époux décédé. Hier, Ingmar a vendu ses parts, il ne lui reste donc rien...

— Quoi ? s'étrangle Lynn, Ingmar cela veut dire quoi, qu'est-ce qui t'a pris ? et...

— Excusez-moi Lynn, coupe Natasha, je vais d'abord présenter la situation actuelle, ensuite nous pourrons éventuellement débattre. Ingmar a vendu ses 40 %, à Serguei, donc en résumé, Serguei et moi cumulons maintenant 60 %, Lynn toujours 20 %, Marijo toujours 20 %, ce qui fait bien 100 %, conclut Natasha avec un petit sourire satisfait.

Silence général des conspirateurs qui savent maintenant à quelle sauce ils vont être mangés.

Combat d'arrière-garde :

— Qui a enregistré les actes ? ce n'est pas toi, Robert, questionne Lynn.

— Non, je n'étais pas au courant, confirme Robert.

— Nous avons pris une autre étude notariale, je confirme, déclare Natasha.

— À quel prix les parts ont-elles été transférées ? intervient Marijo.

— Le détail des actes sera à votre disposition à la fin du Conseil bien sûr, accepte Natasha.

— Bon alors Ingmar, pourquoi tu te retires ainsi ? tu as quelque chose à te reprocher ? s'agace Lynn.

— Ingmar, tu n'as pas besoin de répondre ou de te justifier, dit calmement Natasha.

— Il faut quand même mettre certains points sur la table, attaque Lynn. Vous savez qu'il y a eu des assassinats en Nouvelle-Zélande, d'ailleurs la police d'Auckland est arrivée ce matin à Paris pour poursuivre l'enquête, elle va prochainement chercher à vous interroger, Natasha et toi, Ingmar.

— Mais cela ne se passe pas ainsi, nous sommes en France, déclare Natasha.

— Certes, poursuit Lynn, nous contacterons la police française à notre sortie de cette réunion. Parlons donc du tueur, un certain Piotr Siniviev, qui a été identifié par la police d'Auckland, il est en fuite. Il se trouve que Ingmar a essayé de lui téléphoner lors de notre dernier jour à Te Anau, donc Ingmar est au mieux, si je puis dire, complice, au pire instigateur des meurtres, dont celui de Quentin. Je pense dans ces conditions que la vente par Ingmar de ses titres ne peut être enregistrée.

Natasha s'est tournée vers Serguei qui lui chuchote des instructions avant de saisir son téléphone et passer un appel en russe sur un ton passablement énervé.

Après son appel, Sergueï glisse quelques mots à Natasha, qui s'adresse alors à Lynn pour lui expliquer que dans l'état actuel du dossier rien ne s'est opposé à la transaction de la veille, donc on peut passer au vote des administrateurs.

Puisqu'elle et Serguei ont la majorité, ils décident de nommer Serguei président du Conseil d'administration de Nirwan et elle-même membre de ce Conseil. Dans la foulée et de façon sèche elle conclut que la séance est levée.

Pour Lynn, c'est comme une chute lente du haut d'une falaise, la société qu'elle a largement contribué à créer et à développer lui est maintenant interdite, elle est expulsée du conseil d'administration où siègent des gens hostiles et dangereux, elle a presque envie de pleurer, elle a d'abord perdu son mari et aussi maintenant le fruit de son travail, mais devant sa fille elle tâche de garder la tête haute.

Pendant que Lynn, Marijo et Robert invectivent tous ensemble Natasha et Ingmar, Tom, qui a tout suivi, réfléchit à faire intervenir au plus vite Donovan s'il est déjà à Paris, c'est alors qu'il lève la tête et voit venir sur lui un type d'une quarantaine d'années, athlétique et mince, blond mais la tête rasée de près, le visage creusé, des tatouages sur les bras, tee-shirt et jean, ce qui frappe surtout c'est son air pas très engageant.

Le type s'arrête face à Tom, enfoui dans son fauteuil club en cuir avachi. Le doigt pointé vers lui, il lui balance d'une voix gutturale : « toi, t'es mort ».
À ce moment, Tom, qui sursaute à cette agression verbale, se souvient qu'à l'aéroport d'Auckland Jim lui a montré la photocopie du passeport de Piotr, récupéré dans la chambre d'hôtel, saisi d'effroi il reconnaît Piotr Siniviev, le type qui a donc tiré une balle dans l'œilleton de sa chambre du Sofitel Auckland.

Tom voudrait avoir le temps de réfléchir à cette situation d'urgence, d'autant que derrière Piotr, quatre autres gaillards sont apparus, tout aussi patibulaires. Piotr leur fait signe de se poster, deux devant l'ascenseur, deux autres devant la cage d'escalier, bloquant ainsi toute issue pour s'échapper. À voix basse, dans un bon français, il enjoint à Tom de ne pas chercher à s'approcher de ses sbires qui ont l'ordre de le tuer, discrètement bien sûr, s'il tente de s'échapper, il ajoute :

— Tu attends tranquillement que la réunion soit terminée et que tes collègues soient partis, on discutera ensuite tous les deux.

Puis Piotr s'éclipse vers le fond du hall.

Dans la salle de réunion, personne n'a été alerté par ce court intermède.

Sidéré, car à aucun moment il ne pensait sérieusement tomber à Paris sur ce tueur qui ne manque pas d'audace, Tom doit reprendre ses esprits, se calmer, les battements du cœur doivent redescendre sous les 120, il faut respirer lentement, que faire ? quand ils vont sortir de la réunion, se mêler à eux ? mais il suffira que l'un des gars le retienne un instant et lui injecte un produit ? non, il faut se débarrasser de ces types, comment ? qui pourrait... soudain il repense à Marchetti lui donnant sa carte de visite avec un numéro de portable à n'appeler qu'en cas d'urgence, ce qui lui semble bien le cas, il saisit son portable et fait le numéro de Marchetti :

— Bonjour Monsieur, c'est Tom Randal.
— Oui, bonjour Tom, cela va ? vous avez une drôle de voix, on dirait le souffle court ?

— Désolé de vous déranger, je suis dans une situation difficile, j'aurais bien besoin de votre aide.
— Je vous écoute, où êtes-vous ?
— À Paris rue de Châteaudun, au siège de Nirwan, pour mon enquête pour madame Dervaux.
— Bien, quel est votre problème ?
— J'ai identifié au cours de mes recherches l'assassin de monsieur Dervaux et de trois autres personnes, il est ici au troisième étage de l'immeuble et bloque les sorties avec ses hommes pour que je ne puisse pas partir. Pendant ce temps madame Dervaux assiste dans la salle de réunion, à côté, à un conseil d'administration.
— Bien et donc ?
— Pouvez-vous envoyer une équipe qui m'exfiltre ?
— (après un silence) Tom, vous me prêtez des pouvoirs…
— Que vous avez, je suis sûr.
— Tom, vous avez bien mûri depuis notre rencontre, je vous trouve très réactif, un instant, restez en ligne… et après quelques trop longues minutes Marchetti reprend : une équipe de quatre « gardes » va partir vous chercher, restez où vous êtes, le chef d'équipe s'appellera Franck, il travaille dans ma société, j'ai toute confiance en lui, c'est un ancien du SA…
— Du SA ?
— Oui, enfin… il vous expliquera… c'est noté ?
— Oui, je vous remercie.

Marchetti a raccroché, Tom semble un peu soulagé même s'il ne voit pas bien comment tout va se passer.

Dans l'intervalle, ayant dû utiliser son portable, Tom a forcément coupé la ligne avec Marijo, qu'il ne veut pas rappeler car à travers les vitres il voit qu'une discussion plus qu'animée oppose les protagonistes occupés à s'envoyer en vociférant des arguments appuyés de gestes menaçants.

De longues minutes s'écoulent, tandis que dans la salle de réunion Lynn et Marijo debout invectivent Natasha protégée par ce Serguei.

Ingmar est resté prostré sur son fauteuil. Il semble accablé, le visage défait, portant péniblement le fardeau de sa culpabilité, dénoncée par Lynn avec violence. Les coudes sur la table de conférence, la tête dans ses mains, indifférent à la joute entre les Dervaux et les Russes, il est absent.

Lynn tente une manœuvre de contournement de l'immense table de conférence pour accéder à la bibliothèque où devrait se trouver le classeur des mouvements de titres de Nirwan, mais Serguëi la repousse sans ménagement.

Marijo, debout, insulte Natasha en qui elle voit la commanditaire de l'assassinat de son père.

Tom balaie anxieusement sans cesse du regard l'étage, la porte d'ascenseur, celle de la cage d'escalier et l'espace ouvert de travail. De loin il croit voir, derrière les employés, passer Piotr qui surveille l'étage.

La présence de Piotr si près de lui tétanise Tom qui se souvient de l'épisode du Sofitel d'Auckland. Il est certes affolé, mais en même temps une sourde colère froide l'étreint contre Piotr et Natasha, une colère destructrice.

Après de longs moments, une demi-heure ou plus peut-être, le carillon de l'ascenseur sonne pour annoncer une arrivée à l'étage, les deux sbires de Piotr qui gardent l'accès à l'ascenseur sont tournés vers Tom, ils ne voient pas sortir quatre individus cagoulés, les fameux gardes envoyés par Marchetti, deux d'entre eux agressent par-derrière les deux hommes de Piotr en les assommant sans bruit, les deux autres gardes se glissent vers les deux autres sbires de Piotr tout à leur surveillance de Tom et de la cage d'escalier. Au dernier moment les sbires découvrent ces individus cagoulés qui avancent sans hâte vers eux, ils n'ont pas de consigne autre que de s'emparer de Tom si nécessité, alors ils cherchent Piotr du regard, espérant un ordre face aux deux gaillards cagoulés qui s'approchent vers eux, mais trop tard, les deux gardes cagoulés les ont empoignés et assommés discrètement, ils les laissent glisser au sol lentement.

Les employés attablés à leur ordinateur commencent à se parler, à commenter ces mouvements brusques d'hommes peut-être armés. L'un des employés est même debout, hésitant à lancer une alerte, mais le silence de l'intervention banalise l'agression, c'est comme une scène de théâtre, les gardes cagoulés se repliant maintenant tranquillement vers l'ascenseur.

Les deux gardes cagoulés proches de la cage d'ascenseur sont venus prendre Tom par le bras et l'emmènent sous protection, suivis du regard par Piotr, tapi au fond de l'étage, incapable d'intervenir.
Les quatre gardes encadrant Tom s'engouffrent dans l'ascenseur.

Tom se sent sauvé de cette mauvaise passe et soulagé, il regarde les quatre gardes et leur demande lequel d'entre eux est Franck, alors l'un d'eux enlève sa cagoule et lui sourit, il affiche la cinquantaine, taille moyenne, mâchoire volontaire, allure déterminée, tout en muscles.

Tom le remercie vivement, les trois autres aussi ont enlevé leur masque, tous cinq sortent au rez-de-chaussée calmement. Tom entend son portable sonner, c'est Jim Donovan qui est arrivé au Café Baltazar, alors il propose à Franck de l'accompagner rencontrer un collègue d'Auckland.

Franck retient Tom par la manche, « faisons d'abord le point », il l'entraîne vers un fourgon, stationné juste en face du siège social de Nirwan, dans lequel ils pénètrent tous par une porte latérale coulissante.

L'intérieur est aménagé pour la surveillance discrète de la rue, matériel de prise de vue, vitres sans tain. Une table et cinq chaises les accueillent.

Considérant qu'ils sont entre professionnels, Franck s'adresse à Tom en le tutoyant :

— Dis-moi, Tom, tu sais que Marchetti n'a fait ni une ni deux pour te venir en aide ?

— Oui, je lui en suis très reconnaissant !

— Tu as dû souvent travailler pour lui, non ?

— Une seule fois, pour une opération à titre privée, je ne peux malheureusement pas t'en parler, tu comprends ?

— Bien sûr, je n'insiste pas.

— Mais toi, quels sont tes liens avec lui ?

— Nous nous sommes connus il y a plus de vingt ans, on travaillait ensemble.

— Il m'a dit que tu étais un ancien du SA, cela veut dire quoi ?

— C'est le Service Action de la DGSE.

— Et c'est au SA que tu as connu Marchetti ?

— Oui, on va dire cela, Marchetti était OT, enfin officier traitant, mais lui et moi avons pris notre retraite de la DGSE depuis longtemps, on ne reste pas éternellement dans ce type de boulot, d'habitude on trouve du travail dans les services de sécurité des grands groupes industriels, par exemple, Marchetti, lui, s'est très bien débrouillé dans les affaires, il a repris des sociétés…

— Dans la parapharmacie, non ?

— Oui, notamment, il m'a embauché comme responsable sécurité de son groupe, bien sûr, tout ce que je te dis là est strictement confidentiel.

— Bien sûr, et tes collègues qui sont ici avec toi ?

— Même profil que moi, ils travaillent maintenant aussi dans la sécurité de grands groupes industriels, ils ont pu se libérer rapidement pour venir t'aider, je te présente John ici, Guillaume à côté de lui, et là c'est Jean-Paul.

— Merci les gars de m'avoir sorti de ce traquenard, au fait vous étiez armés ?

— Oui, bien sûr, on a même pris des gilets pare-balles, au cas où…

— Parfait, les gars, sourit Tom qui ajoute : nous devons attendre la sortie de Lynn Dervaux, pour laquelle je travaille, ainsi que de sa fille Marijo et de son notaire Robert Delamontagne, je propose que tes gars, Franck, restent ici et surveillent la sortie de l'immeuble. Moi, je t'emmène au café derrière nous pour te présenter un collègue de Nouvelle-Zélande, je t'expliquerai…

En voyant arriver Tom dans le Café Baltazar, Jim se lève avec un grand sourire, il vient vers Tom lui donner une accolade. Tom fait les présentations. Jim glisse à Tom qu'il a déposé le dossier police d'Auckland sur son bureau, rue de l'Odéon.

Puis, pour Jim et Franck, Tom fait un résumé de la situation, en insistant sur le fait qu'il y a bien cinq hommes dangereux à neutraliser et peut-être deux ou trois autres à appréhender. Tom est maintenant parfaitement « opérationnel », le stress a l'air d'avoir disparu, au contraire l'adrénaline le gonfle presque d'optimisme, il n'en revient d'avoir échappé aussi facilement aux griffes de ce Piotr, grâce à Marchetti.

Jim s'interroge sur le statut de Franck, mais ne pose pas de question. Soudain il tourne la tête et voit dehors Lynn, Marijo et Robert qui sortent en gesticulant, suivis quelques instants plus tard par Ingmar qui cherche à les rattraper. De fait, celui-ci s'approche de Lynn et se met à lui parler. Marijo et Robert, apercevant Tom dans le Café Baltazar, décident de le rejoindre.

Robert, passablement énervé, va droit sur Tom, sans même saluer Jim ou Franck :
— Tom, je suis outré par l'attitude de ces Russes, quelle agressivité, quel manque de savoir-vivre ! pour moi ce sont des truands qui ont pris le contrôle de Nirwan, ni plus ni moins !
— Robert, coupe Tom avec calme, je te comprends mais..
— Non, Tom, s'époumone Robert, je veux juste te dire, je l'ai d'ailleurs déjà précisé à Lynn dans l'ascenseur, je le redis devant Marijo ici présente, j'ai eu beaucoup de plaisir à côtoyer les anciens dirigeants de Nirwan en tant que notaire. Maintenant je suis renvoyé par Natasha qui a choisi je ne sais qui, d'ailleurs je vous conseille de vérifier les accréditations de leur nouveau notaire, mais aussi surtout les documents de cette

éventuelle transaction sur les parts Nirwan, bref je reste à votre disposition mais pour l'heure je tire ma révérence, adieu.

— Robert, fait Tom qui se lève pour le saluer, je suis content de t'avoir rencontré, je t'appellerai plus tard pour faire le point.

— Merci Tom, au fait, cherchez bien tous à savoir pourquoi Ingmar a vendu toutes ses parts, sous quelle pression, si vous voyez ce que je veux dire... ah ! je vois Jim, Jim, excusez-moi, j'aurais dû vous saluer aussi, vous êtes à Paris ? bon, je crois que j'en dis trop. Et vous monsieur vous êtes ?

— C'est Franck, précise Tom.

— Ah bon, bonne journée messieurs, je retourne à mon étude, pour moi le dossier Nirwan est clos.

Sur ces paroles Robert jette une bise sur la joue de Marijo, fait un signe de la main aux hommes et trace son chemin dans la confusion à travers les tables et chaises du Café.

Marijo rompt le silence qui venait de s'installer :

— Robert n'a pas tort, Tom, fait Marijo, d'une voix essoufflée ou anxieuse, la fin de la séance du Conseil a été plus que houleuse, on a franchi le point de non-retour, ma mère et moi n'avons plus aucun pouvoir dans cette société, je crains même pour notre sécurité car nous avons toutes deux encore des parts qu'ils aimeraient récupérer à vil prix.

— Venez toutes les deux avec moi à mon bureau, Jim nous protégera.

— Mais alors je préférerais avoir une arme ne serait-ce qu'à titre dissuasif, intervient Jim.

— J'ai deux armes de poing sur moi, propose Franck, si tu veux, je peux t'en prêter une pour la journée seulement.

— Volontiers, choisis.

— J'ai un Glock et un Sig Sauer, je pense que le Glock te suffira, et joignant le geste à la parole Franck tire d'un holster sous son bras gauche l'arme en question qu'il tend sous la table à Jim en ajoutant : le chargeur est plein, la sécurité est en place.

— Merci, fait Jim qui coince discrètement l'arme dans sa ceinture.

Tom, voyant tout cela se demande dans quelle aventure il est lancé, cela ressemble de plus en plus à un western, dans Paris en plus.

Il se lève et demande à Jim et Marijo de le suivre :

— Allons à mon bureau en taxi, on emmène Lynn au passage.

— Ma mère m'a dit tout à l'heure qu'elle préférait rentrer chez elle, elle est très déprimée, d'ailleurs elle est toujours à discuter en face avec Ingmar, laissons-les.

Prenant Franck à part, Tom lui dit d'appeler son patron, Charles Marchetti car il faut empêcher Natasha et Serguei, et surtout Piotr, de s'échapper, donc il faut surveiller, voire bloquer les issues de l'immeuble de Nirwan, pour cela il aurait besoin de Franck et son équipe.

Franck lui assure qu'il se met en place dans son fourgon pour cette surveillance avec son équipe, le temps que Tom obtienne le feu vert de Marchetti.

Un moment plus tard Lynn finit par se défaire de Ingmar, elle profite du passage d'un taxi qu'elle hèle. Énervée, elle se jette dans la voiture, en se cognant la tête, claque la portière, lance furibonde son adresse au chauffeur qui n'en peut mais.

Tom, Marijo et Jim sont sortis du Café Balthazar, ils poursuivent leur marche dans la rue de Châteaudun à la recherche d'un taxi eux aussi, mais sans succès. Marijo connaît le quartier : « tant pis, allons jusqu'à l'église de la Sainte Trinité, il y a une station là-bas ».

Ingmar est resté seul sur le trottoir opposé, désemparé, sonné, prostré devant l'immeuble de la société Nirwan dont il était encore il y a peu de temps un dirigeant efficace, il a le sentiment d'avoir tout perdu, son poste, son ami Quentin qu'il a trahi, il s'est fait berner, comment a-t-il pu tomber dans les griffes de Natasha, car oui, cette femme était envoûtante, Quentin a dû en faire aussi l'expérience. Lui, Ingmar n'a pas senti qu'il perdait pied, poussé par elle à renier progressivement son ami, à participer indirectement à l'organisation de l'assassinat de Quentin, mais comment tomber si bas ? que lui reste-t-il comme espoir ? se faire arrêter ? ou bien plus simplement se faire descendre par Piotr, sur ordre de Natasha et Serguei bien sûr.

il se souvient avoir vu Tom et Marijo, accompagnés de Jim, partir quelques minutes plus tôt et marcher vers La Sainte Trinité, sans doute pour rejoindre le bureau de Tom, alors il cherche dans ses poches une carte de visite, l'adresse de ce bureau, qu'il finit par trouver, avec l'idée d'aller les y rejoindre.

Dans son taxi Lynn appelle sa fille qui décroche aussitôt :
— Où es-tu, Marijo ?
— En taxi avec Tom et Jim, direction le bureau de Tom, tu ne voulais pas venir avec nous, m'as-tu dit.
— Oui, je suis si fatiguée, et désabusée, Marijo, mais je voulais te faire part de ma conversation avec Ingmar, par où

commencer ? je crois d'abord que cette Natasha est très forte. Elle a été formée pour manipuler les gens, avoir réussi à faire de Quentin puis de Ingmar ce qu'elle voulait, je n'en reviens pas. D'abord première étape embobiner Quentin, c'était sans doute le plus facile, une belle fille et Quentin qui se cherchait, bref, première étape simple. Mais deuxième étape elle retourne Ingmar contre Quentin alors qu'elle n'est qu'en train de négocier le mariage avec Quentin, c'est déjà plus fort. Son argument pour Ingmar qui n'avait qu'une part minoritaire de 40 % c'était de lui dire qu'avec son mariage avec Quentin, suivi très peu de temps après par le décès de Quentin, elle hériterait de la moitié des parts de Quentin, soit 20 %. À eux deux Ingmar et elle, ils auraient le contrôle de Nirwan, mais cette deuxième étape impliquait qu'il trahisse son ami de longue date Quentin et surtout qu'il participe au montage de l'assassinat de Quentin. Et puis troisième étage de la fusée dans ces derniers jours elle présente à Ingmar le dossier contenant toutes preuves matérielles de son implication dans l'assassinat de Quentin, elle l'oblige à lui revendre ses 40 %, ce qui assure à Natasha le contrôle de Nirwan à elle seule, enfin avec cette brute de Serguei, qui est visiblement le chef de cette cellule russe.

— Il t'a expliqué tout cela, maman ?

— Il ne l'a pas dit ainsi, il enveloppait tout cela dans le remord de la trahison et de sa participation au meurtre, tous actes qu'il reconnaissait, on sentait sa honte de m'avouer l'assassinat de mon... enfin ex-mari, de ton père, Marijo.

— Mais cette fille est un danger public !

— Il allait continuer à me parler d'autre chose, notamment de ce Serguei qui serait vraiment très redoutable, je n'ai d'ailleurs pas bien saisi car à l'assemblée Natasha et Serguei se sont présentés comme travaillant pour eux-mêmes, mais Ingmar m'a laissé entendre que Serguei semblerait vouloir prendre le contrôle de Nirwan aussi pour le compte d'une mafia de l'Est ou d'un service secret, je ne sais pas, qui utiliserait discrètement le réseau d'hôtels ou de compagnies aériennes. ? Mais je n'en pouvais plus, alors j'ai arrêté un taxi que je voyais passer, j'ai planté Ingmar sur ce trottoir en espérant ne plus jamais le revoir.

—Je te rappelle, nous arrivons déjà au bureau de Tom.

—Moi aussi j'arrive dans ma rue, c'est bizarre, mon chauffeur me dit qu'une voiture nous a suivis sur tout le trajet, elle est un peu derrière nous maintenant que nous ralentissons, mais j'ai prévenu mon majordome, ah je le vois, il est sur le trottoir devant la porte à m'attendre, donc rien à craindre, voilà, je sors de la voiture et le majordome va payer le taxi, bon, je traverse la...

Un bruit énorme suivi du cri strident de Lynn heurtée par la voiture qui suivait et qui vient d'accélérer, puis qui stoppe dans un crissement de freins, qui fait marche arrière et roule à nouveau sur le corps de Lynn qui hurle encore, et des coups de feu, le majordome sur le trottoir devant la maison qui s'effondre et le chauffeur du taxi aussi, une balle en pleine tête, et la voiture des assassins qui redémarre en repassant une dernière fois sur le corps silencieux de Lynn.

Et Marijo qui crie et sanglote, et Tom qui lui prend le portable, mais plus rien.

Ambiance terrible dans le taxi de Marijo qui vient d'arriver rue de l'Odéon, Tom appelle le 15, explique rapidement l'urgence, donne l'adresse où envoyer les secours, s'enquiert de l'hôpital où va être emmenée la blessée, prévient aussi la police – le 17 – pour les coups de feu tirés, on lui demande qui il est, pourquoi c'est lui qui appelle alors qu'il n'est pas sur la prétendue scène de crime, on lui demande de s'identifier, alors il raccroche.

Ils sont arrivés au pied de l'immeuble rue de l'Odéon, Tom soutient Marijo par le bras, Jim les escorte, la main sur son arme car la situation ne fait donc qu'empirer, ils grimpent les deux étages à pied, Tom ouvre la porte de son bureau où Twiggy les attend avec un grand sourire qui s'efface lorsqu'elle voit Marijo en pleurs.

Jim referme la porte d'entrée, tandis que Twiggy installe Marijo sur un fauteuil du bureau de Tom, elle lui apporte un verre d'eau. Tom essaie de rassembler ses idées et de se calmer, qui appeler à l'aide ? c'est son enquête, il est seul à bord, non, il peut demander à Jim ou à Franck, oh mais Tom s'aperçoit qu'il a oublié d'appeler Marchetti pour lui demander de garder disponibles Franck et son équipe, il saisit son portable :

— Bonjour Monsieur Marchetti.
— Ah Tom, où en êtes-vous ?
— Tristes nouvelles pour l'instant : Lynn, qui allait retourner chez elle vient de se faire renverser par une voiture, dont les occupants ont dû en plus tirer, d'après ce que nous avons entendu par le portable de Lynn resté allumé, sur le chauffeur du taxi de Lynn et sur son majordome qui l'attendait. Marijo est avec nous à mon bureau.
— Savez-vous à quel hôpital elle a été emmenée ?
— Le service des urgences m'a indiqué l'hôpital américain. Mais je vous appelle aussi pour la situation chez Nirwan,

j'ai besoin de votre équipe pour appréhender les deux nouveaux dirigeants de Nirwan, un certain Serguei Bulganov et Natasha Dervaux. Il faudra neutraliser leur tueur Piotr Siniviev et ses trois ou quatre sbires.

— Siniviev ? Piotr Siniviev ? questionne Marchetti qui réfléchit, mais Siniviev, c'est le nom de jeune fille de Natasha ! J'avais vu son nom de jeune fille dans un faire-part, je crois, lors du mariage de Quentin.

— Quoi ? cela jette un éclairage différent sur le rôle de Natasha. Et Bulganov, vous connaissez ?

— Non, enfin je crois avoir déjà entendu ce nom, mais je me renseigne, j'espère que ce n'est pas celui auquel je pense, j'ai l'impression que vous avez affaire à une mafia russe ou biélorusse, je crains que votre affaire ne soit pas terminée, Tom, j'appelle Franck qu'il se mette à vos ordres, conclut Marchetti.

Sous le regard de Jim qui espère des précisions sur la situation, Tom essaie de rassembler ses pensées, notamment à propos des informations données par Marchetti, mais un bruit de course dans l'escalier détourne son attention, les deux hommes ont la tête tournée vers l'entrée de l'appartement et la cage d'escalier. À travers la porte translucide apparaît une ombre haletante, soudain un cri affreux, cette ombre semble projetée violemment contre la porte, la paroi vitrée vole en éclats, un homme s'effondre, on dirait Ingmar, en travers de la porte, la moitié haute du corps à l'intérieur de l'appartement, un couteau planté dans le dos, derrière lui une silhouette qui va s'esquiver mais Jim a dégainé son Glock et vise à l'instinct, l'agresseur s'effondre contre la cage de l'ascenseur.

Tom s'approche de la victime, reconnaît Ingmar, appelle Twiggy pour qu'elle l'aide à le dégager de cette position, Jim sort, s'approche de l'agresseur à terre sévèrement touché qui le regarde, alors Jim lève lentement son arme, le vise et l'achève froidement d'une balle dans la tête.

Le bruit du nouveau coup de feu fait sursauter Tom et Twiggy qui portaient Ingmar dans l'appartement, Tom s'arrête pour scruter le visage impassible de Jim, pas un mot échangé, puis il allonge Ingmar sur le sol, sur le flanc car le couteau est toujours planté dans le dos.

Les voisins commencent à sortir prudemment sur leurs paliers, leur porte à peine entrebâillée, inquiets, on entend même l'un d'eux appeler la police.

Ingmar, très faible, a agrippé la manche de Tom, et le souffle court cherche à lui parler, Tom s'agenouille à son côté :

— Tom...

— Oui, Ingmar, je suis là, on va s'occuper de vous soigner.

— Non, je crois que je suis fichu, Tom, mais prenez... garde, Serguei et Natasha sont terribles, ils veulent... le contrôle de Nirwan pour pouvoir... sans trace... dans le monde entier, peut-être même... agents..., ils sont très danger...

Ingmar s'est évanoui, Tom se redresse :

— La police va arriver, Jim, nous risquons de nous trouver bloqués avec des dépositions compliquées à faire, on va déguerpir tout de suite pour aller chez Nirwan rejoindre Franck. Toi, Twiggy, occupe-toi de Ingmar, appelle le Samu, si la police vient, tâche de leur raconter une histoire.

— Quelle histoire ? bafouille Twiggy qui regarde affolée Ingmar en train de râler.

— Invente, gagne du temps, on doit foncer, Jim et moi.

Jim, qui s'était agenouillé à côté de Ingmar, se relève lentement, les mâchoires serrées, il annonce à Twiggy qu'il est mort, trop tard pour le Samu. Tom accuse le coup, puis se ressaisit et enfile un blouson, agrippe Jim « range ton arme et viens tout de suite avec moi », les deux sortent en furie dans la cage d'escalier, où ils croisent quelques voisins en pantoufles, l'œil inquisiteur. « on va appeler les secours, ne vous inquiétez pas » lance Tom pour calmer le jeu, une voix dans la cage d'escalier leur répond « c'est déjà fait », ils sortent dans la rue.

Ils prennent une allure normale car une voiture de police déjà les croise, le commissariat de la place Saint-Sulpice étant tout près. Les fonctionnaires les toisent en passant, mais poursuivent leur chemin.

Tom, suivi de Jim, fonce vers le métro Odéon « on change à Sèvres et on descend à Trinité », ce qui est d'ailleurs pour Jim du javanais.

La rame de métro ne tarde pas à arriver, ils s'installent à côté d'un couple assez jeune, Tom fait un signe discret à Jim vers son ventre et comme il ne comprend pas, Tom lui murmure, en espérant que le couple ne parle pas anglais, qu'on voit son pistolet dans sa ceinture, Jim fait « *gosh* » et ferme son blouson avec ses boutons. Tom lui sourit, jette un œil au couple qui n'a pas fait attention, puis appelle Franck :

— Franck, on arrive dans 15 minutes.
— OK, et ?
— J'ai eu Marchetti au téléphone, toi et ton équipe vous restez avec moi, tu as tes gars sous la main ?

— Oui, on est dans le fourgon en face de l'immeuble.
— Bien, je ne peux pas t'en dire plus, je suis dans le métro, à tout de suite.

Le couple en face d'eux s'est levé, Tom se sent plus libre pour parler avec Jim, il lui demande une explication sur la façon dont il a réglé son compte à l'assaillant de Ingmar « plutôt expéditif ? », Jim un moment silencieux sort de sa réserve, « Piotr et ses gars, ce sera eux ou nous, tu sais bien qu'ils ne font pas de quartier, si tu préfères attendre l'aide de la police officielle, ils seront loin », Tom, qui a en tête la longue liste des meurtres de cette bande, ne fait que hocher légèrement la tête. Il sent que la fin de cette journée ne sera pas une partie de plaisir.

Pendant ce temps Twiggy ne sait comment garder son calme avec le cadavre de Ingmar au milieu de la pièce, elle avise la porte d'entrée avec sa partie haute en verre totalement éclatée, il y a déjà un voisin, plus téméraire que les autres, qui fait semblant de passer sur le palier, ce qui lui donne l'occasion de glisser un œil à l'intérieur de l'agence, mais du coup il trébuche sur les pieds du cadavre du sbire de Piotr en lâchant un juron sonore à travers la cage d'escalier, effrayant à nouveau tout l'immeuble, alors Twiggy prend une règle sur son bureau et traverse la pièce sans jeter un œil à Ingmar, va mesurer les dimensions du panneau de verre à remplacer, dans l'urgence elle se souvient qu'il y a dans la rue de l'Odéon à deux maisons du bureau un encadreur de tableaux qui doit bien avoir un panneau en bois pour obturer temporairement la partie béante de la porte, elle l'appelle, se présente, explique la situation à l'encadreur, lui donne les dimensions, et l'urgence de l'intervention. Miracle, l'encadreur a un panneau de particules qu'il va scier à la dimension et venir l'agrafer sur la partie bois du haut de la porte, elle le remercie et raccroche.

C'est là qu'arrivent les occupants de la voiture de police qui a croisé Tom et Jim, ils sont quatre, Twiggy les entend arriver dans l'escalier, ils s'arrêtent sur le palier pour contempler l'agresseur tué par Jim, vérifient qu'il est mort, se retournent vers la porte avec le haut explosé, à travers laquelle une Twiggy anxieuse les observe, comme une biche face à quatre chasseurs, trois en uniforme et un en civil, c'est celui-là qui mène la troupe et s'avance pour pénétrer dans l'appartement, mais il s'arrête dès qu'il voit un autre corps par terre, et Twiggy non loin qui respire si fort, ses seins libres sous son pull animant fort agréablement celui-ci. Marijo s'est réfugiée dans le bureau attenant de Tom, elle est prostrée.

Le policier en civil interpelle Twiggy :
— Je suis le commissaire Dacourt, Bruno Dacourt, précise le fonctionnaire de police dont le regard s'égare un peu sur la poitrine de Twiggy, qui êtes-vous ?
— Euh, Twiggy, non pardon Madeleine, je suis l'assistante de Tom Randal qui occupe ces bureaux.
— Et la personne étendue à vos pieds, qui est-ce ?
— Mais je ne sais pas, je ne le connais pas.
— Et l'individu mort sur le palier de votre étage ?
— Mais je ne sais pas non plus, jamais vu.
— Mais pourtant celui à vos pieds, il est bien dans vos locaux.
— Ah oui, mais non, je vous explique, j'étais tranquillement à mon bureau, à faire des papiers quand j'entends ce boucan dans l'escalier, des types qui se poursuivent en montant,

sans doute l'un a rattrapé l'autre sur notre palier, pas de chance pour moi, ajoute- t-elle avec un sourire contrit, ils se battent, celui-ci est projeté très violemment contre la vitre de notre porte d'entrée, vitre cassée, il pendouille, le haut du corps à l'intérieur, les jambes restées côté palier. C'est là que je vois un couteau planté dans son dos, voilà tout ce que je peux vous dire, monsieur le commissaire.

— Comment a fait cette victime pour passer de la porte au milieu de votre pièce ?

— Ah mais il remuait encore, alors je l'ai soutenu pour le faire entrer, je voulais l'installer dans un fauteuil, quoiqu'avec le couteau dans le dos ce n'est pas pratique, vous en convenez, mais il m'a faussé compagnie et s'est écroulé au milieu de la pièce, peu avant que vous n'arriviez, il a dû avoir une hémorragie interne et il est décédé, voilà…

— Mouais, articule le commissaire sceptique sur cette relation des faits, et celui qui est dehors ?

— Il a pris deux balles, intervient un policier en uniforme de son équipe, une dans le thorax et une en pleine tête !

— Oui donc ? réattaque le commissaire Bruno Dacourt, que lui est-il arrivé ?

— Ah mais aucune idée, s'énerve Twiggy, peut-être l'homme ici dans la pièce lui a tiré dessus car il n'a pas aimé le coup de couteau dans le dos, je ne sais pas…

— Où est l'arme dont il se serait servi ?

— Rien sur le palier, commissaire, fait un autre de son équipe, on a tout vérifié.

— Je vous en supplie, monsieur le commissaire, minaude Twiggy le regard mouillé, vous ne pourriez pas au moins déposer ce cadavre sur le palier parce qu'ici c'est insupportable.

— Commissaire, c'est une scène de crime, on ne peut rien toucher, intervient un agent.

— Oh mais il a déjà été déplacé par Madeleine, n'est-ce pas, alors d'accord, vous deux portez-le dehors, enjoint Dacourt à ses hommes qui empoignent Ingmar et vont le déposer sur le palier à côté du sbire de Piotr, bloquant ainsi la porte de l'ascenseur et celle du voisin de palier.

— Merci beaucoup, Monsieur Dacourt, sourit Twiggy, vous êtes très gentil.

— Oui, mais vous, vous ne m'aidez pas beaucoup, Madeleine, fait gentiment Dacourt, sous le charme de Twiggy et se doutant bien qu'elle n'a pas la carrure pour tuer ces grands gaillards, bon, où est votre patron, ce Tom Randal, quel est son métier ?

— Détective privé...

— Ah tiens, et où est-il présentement ?

— Il est parti pour une enquête au siège social de l'entreprise qui lui a confié une mission.

— À quelle adresse ?

— C'est rue de Châteaudun, l'entreprise Nirwan.

— Là où il est en ce moment ?

— Ben oui, minaude Twiggy, qui s'interrompt, son portable sonnant, elle voit que c'est Tom qui appelle, elle répond : « désolé, monsieur, le directeur de l'agence n'est pas là, veuillez rappeler plus tard, d'ailleurs je suis prise, j'ai la police avec moi, à bientôt ».

— Ah, soupire Bruno Dacourt qui ne fait aucun cas de cet appel et poursuit sur l'affaire Nirwan, rue de Châteaudun ce n'est pas dans notre secteur, je ne peux que faire passer la BAC là-bas.

— C'est quoi cette histoire de faire passer le bac en novembre ? s'interroge Twiggy.

— Oh, excusez-moi, répond Dacourt, je dois prendre contact avec votre directeur d'urgence, je vais donc faire passer la Brigade Anti-Criminalité là-bas pour le contacter.

— Patron, interrompt un adjoint de Dacourt, pour info on nous signale dans le XVIe une agression, une femme renversée par une voiture, son chauffeur de taxi garé devant chez elle tué d'une balle dans la tête et son majordome, qui venait à sa rencontre, abattu sur le trottoir, la femme serait la présidente ou la directrice d'une grosse boîte dans le tourisme, Nirwan.

— Quoi, sursaute le commissaire, tu dis Nirwan ? et s'adressant à Twiggy, votre patron travaille en ce moment pour Nirwan ?

— Enfin oui, en quelque sorte, bredouille Twiggy qui commence à avoir du mal à s'en sortir, malgré tous ses efforts d'enfumage.

— Fred et toi Paul, fouillez-moi ces cadavres, voir s'ils ont des armes et des papiers, ordonne Dacourt qui entend en même temps un pas lourd qui monte dans l'escalier, c'est un géant qui arrive, haut de bien deux mètres, tenant un gros panneau de bois, enjambant allègrement les deux cadavres silencieux pour accéder à la porte brisée.

— Messieurs-dame, bonjour, c'est vous, ma petite dame, qui m'avez appelé pour réparer temporairement votre vitre ?

— Oh là attendez, vous êtes qui ?

— Patron, s'écrit Fred depuis le palier, celui avec le couteau est administrateur de Nirwan, l'autre n'a aucun papier

— Quoi ? balbutie Dacourt, encore Nirwan, expliquez-moi, Madeleine.

— Mais je ne connais pas tous ces gens, seul mon patron peut vous dire sur quelle affaire il est.

— Bon sang, deux victimes ici et trois dans le XVIe pour la même affaire et tout le monde converge vers cette rue de Châteaudun ! j'appelle plutôt le GIGN, cela devient chaud, je descends à la voiture, les gars, vous surveillez la scène de crime. Dacourt tourne les talons et descend quatre à quatre les escaliers.

— Bon, c'est animé chez vous ma petite dame, alors je peux fixer mon panneau de particules sur votre porte ?

Chapitre 15

Rue de Châteaudun, la pluie a repris, il est déjà 17 heures, les employés sortent de l'immeuble Nirwan, sous les regards de Tom, Jim, Franck et ses hommes assis dans le fourgon, que certains appellent aussi un sous-marin, qui fait face à l'immeuble.

Pour Tom c'est un peu comme jouer aux échecs, réfléchir, déplacer ses pièces, là où il se sent par contre en grosse infériorité c'est dans l'action violente, à laquelle il n'a aucune habitude ni appétence. Mais là maintenant, il va falloir être bon sur tous les tableaux.

Tom en profite pour leur faire son briefing :
— Bon, l'objectif, c'est d'appréhender Serguei et Natasha pour les faire parler et d'autre part neutraliser Piotr et sa bande avant qu'ils ne commettent d'autres dégâts. Donc on va laisser

tout le personnel sortir des bureaux, en s'assurant que Serguei et Natasha ne sortent pas aussi, ensuite on vérifie que du rez-de-chaussée au 2e il n'y a plus personne, puis on bloque l'entrée sur la rue, ou au moins on la filtre, en même temps on monte au 3e, on vérifie qu'il n'y a plus d'employés, on se saisit de Serguei et Natasha, s'il sont seuls…

— Forcément, ils sont seuls, coupe Franck, Piotr et ses gars ont bien dû sortir pour attaquer Lynn devant chez elle et Ingmar chez toi, Tom.

— Bien sûr, ajoute Jim, Piotr a dû récupérer ses sbires assommés par Franck et sortir immédiatement.

— Ce qui veut dire qu'il y a une autre sortie, peut-être une porte dérobée sur l'arrière ? s'interroge Tom.

— C'est ce qu'on va vérifier tout à l'heure, reprend Jim, et comme on a eu un sbire de Piotr mort chez Tom, il reste dans la nature Piotr et trois de ses gars.

— Exact, intervient Tom, donc il faudra trouver un moyen d'attirer Piotr et ses gars dans l'immeuble de Nirwan, du coup celui de chez nous qui filtrera les entrées en bas aura un poste dangereux quand Piotr arrivera, car ce gars tire sans sommation. De plus la police risque d'arriver au milieu de tout cela, je préfère régler toute l'affaire avant leur arrivée, si vous voyez ce que je veux dire.

— Moi, je vois très bien, intervient Jim sombre.

— OK comment on se répartit ? demande Franck.

— Jim, Franck et moi, on va au 3e, John tu surveilles l'entrée principale de l'immeuble, tandis que Guillaume et Jean-Paul vous fouillez les étages 1 et 2 pour éviter toute surprise, ensuite vous montez nous aider.

— C'est clair, approuve Franck, et les consignes de tir ?

— Concernant Piotr et sa bande, commande Tom, c'est simple : tirez sans sommation !

Son ordre est tombé dans un silence sépulcral, chacun réfléchit à ce qui les attend. Après quelques secondes, Tom poursuit :

— Mais bon, après, Franck, on aura besoin de toi et ton équipe pour faire « Victor le nettoyeur » avant l'arrivée des condés, sinon on est un peu cuit...

Le flot des employés sortants s'est tari, Tom regarde sa montre,17 h 06, scrute une dernière fois l'entrée et balance « Action ».

Les six hommes traversent tranquillement la rue de Châteaudun, où règne un trafic intense, mais le groupe des six se fraie un chemin facilement, un couple d'employés qui s'était attardé les croise dans l'entrée avec un air interrogatif.

Premier accroc, Tom n'avait pas prévu qu'il y aurait peut-être des employés qui ferment à clé la porte principale ou d'autres qui vont même nettoyer les locaux.

Sur le pas de la porte, un employé leur barre l'accès, il est petit et maigre, mais déterminé, il ne va pas faire des heures supplémentaires pour les beaux yeux de ces messieurs, il agite un petit trousseau de clés :

— Désolé, messieurs, c'est fermé, revenez demain, il n'y a plus personne d'ailleurs.

— Bonsoir Monsieur, fait Tom en s'efforçant d'être poli, nous travaillons pour madame Natasha Dervaux, que nous devons rejoindre au 3ème étage.

— Ah bon, personne ne m'a prévenu, je ne sais pas si je peux vous...

— Vous pouvez, n'ayez aucune crainte, d'ailleurs nous sommes en retard pour la réunion, nous étions déjà là ce matin, vous nous avez sans doute même croisés, non ?

— Ah ? ah peut-être bien, oui, vers midi ?

— Voilà, inutile de la prévenir, nous sommes déjà en retard, John va rester en bas dans le hall, nous montons, conclut Tom d'un ton qui ne laisse place à aucune contradiction.

— Si vous voulez, balbutie l'employé vaincu.

— Au fait, ajoute Tom, il n'y a pas d'équipe de nettoyage dans les étages à cette heure ?

— Non, c'est le matin à 6 h 30 qu'ils viennent.

— Parfait, sourit Tom qui, suivi de Jim et Franck, traverse le hall et appelle l'ascenseur tandis que les deux autres hommes de Franck, Guillaume et Jean-Paul, se dirigent vers la cage d'escalier.

Dans le hall John se trouve un siège à l'écart, d'où il peut surveiller l'entrée sans être trop visible, l'employé lui dit qu'il ne peut encore fermer l'entrée puisqu'ils sont tous là, il se résigne à attendre que tout ce monde s'en aille, d'ailleurs la patronne est toujours en haut, alors il prend un siège au milieu du hall.

Guillaume est arrivé au 1er étage, et se met à fouiller tous les recoins pour ne pas avoir de mauvaises surprises, tandis que Jean- Paul va accéder au 2ème.

Franck et son équipe sont en contact permanent par téléphone et oreillette discrètement placée.

La porte de l'ascenseur s'ouvre au 3ème, Jim et Franck sortent en premier, leur arme déjà dans la main, Tom désarmé suit derrière.

A droite, la partie open space des employés est plongée dans la pénombre, seuls les écrans des ordinateurs qui moulinent encore jettent une faible lueur bleutée.

À gauche la partie salle de réunion est fortement éclairée, on voit les silhouettes de Serguei et Natasha penchées sur la table de conférence au milieu de plein de dossiers qui jonchent cette table.

Le bruit de sonnerie de l'ascenseur qui s'ouvre et la lumière de l'intérieur de l'ascenseur qui vient éclairer le milieu du hall ont alerté les deux nouveaux dirigeants de Nirwan qui se redressent et scrutent l'obscurité, car les trois arrivants sont difficilement reconnaissables, étant éclairés de dos par l'ascenseur, qui d'ailleurs est en train de refermer sa porte.

Serguei et Natasha ont dû croire à l'arrivée Piotr et ses hommes car ils n'ont pas eu de réaction particulière, c'est ce laps de temps qui suffit à Jim et Franck pour bondir vers la salle de réunion et y pénétrer énergiquement, arme au poing, en criant « mains en l'air, ne bougez plus » sur un ton comminatoire qui n'a plus rien à voir avec le ton précédemment employé dans cette salle lors de la réunion de la fin de matinée.

Serguei et Natasha obtempèrent vaguement, les bras écartés pour montrer qu'ils n'ont pas d'armes en main, se jetant entre eux un regard comme pour décider de l'attitude à adopter.

Tom arrive derrière Jim et Franck, fusillé du regard (seulement) par Serguei et Natasha. Franck qui porte un petit sac à dos noir, en extrait des liens en plastique qu'il tend à Jim en lui disant de leur attacher les mains dans le dos.

Sous la menace du pistolet de Franck, Serguei se laisse faire tout en bouillonnant, puis c'est au tour de Natasha qui toise d'un air méprisant Jim et lui lance « cela va vous coûter très cher, peut-être même la vie », ce qui incite Jim à serrer le lien encore plus fort, Natasha tente de se débattre, sans effet.

Tom glisse à Jim « fouille-les : téléphone, papiers d'identité, tous documents ». Jim commence par Serguei, tandis que Natasha se met à invectiver les trois agresseurs qui ne se laissent pas impressionner, c'est une vraie furie.

La fouille de Serguei est fructueuse, Jim met son butin sur la table, y compris un pistolet russe, un Tokarev chargé, puis poursuit vers Natasha qui veut l'empêcher de l'approcher, Jim en profite pour la saisir à bras- le-corps sans ménagement tout en promenant ses mains sur son corps, ce qui décuple la fureur de Natasha, il la plaque sur la table et fouille ses poches, même butin : portable, passeport, documents.

Franck sort de son sac à dos un long rouleau de bande adhésive ultra résistante et un couteau, il dit à Jim de les scotcher sur leurs chaises.
Pendant ce temps, Tom a entrepris la lecture des documents subtilisés.
Les passeports n'apprennent rien, sinon que Natasha s'appelle bien Sinivieva, russe et non ukrainienne, et que Serguei est russe aussi. Après étude, les tampons de ces passeports

pourront peut-être donner des renseignements sur les déplacements des deux Russes dans les derniers mois.

Tom est déçu car les documents et les noms dans les portables sont en russe, mais Franck le rassure « à force de voyager je parle un peu russe, je me débrouille ».

Franck se saisit des portables et trouve rapidement ce qui doit être le numéro de Piotr, qu'il montre à Tom. Jim qui a fini de saucissonner les deux prisonniers rejoint ses deux collègues, les trois chuchotent entre eux.

Puis Franck se tourne vers leurs deux prisonniers « qui est d'accord d'appeler Piotr ? », Natasha répond vulgairement « va te faire foutre ». Serguei reste silencieux, Franck lui demande « et toi ? », Serguei crache dans sa direction.

Jim et Franck se tournent vers Tom, impasse ? comment faire revenir au siège de Nirwan Piotr qui a certainement participé à l'assassinat de Lynn ? Franck chuchote à Tom qu'il faut aller vite, les effrayer ou même en abattre un pour que l'autre parle.

Tom est étonné, presque choqué par l'agressivité de Franck, hésite un moment, dépassé maintenant par la situation, Franck lui fait signe qu'il faut foncer, alors Tom pointe Serguei du doigt et lance froidement à Franck, « Suicide-le, statistiquement il doit être droitier, donc tempe droite ».

Serguei commence à s'agiter sur sa chaise, mains liées dans son dos, buste et jambes scotchés sur le dossier et l'assise, puis il s'énerve « mais vous êtes fou, vous n'avez pas le droit, je suis citoyen russe, vous signez votre arrêt de mort… ». Franck prend la chaise de Natasha, la bouge d'un quart de tour pour qu'elle puisse faire face à Serguei, puis il pivote aussi la chaise de Serguei vers Natasha, les deux se font maintenant face, il s'approche de Serguei, armé du Tokarev, il est du côté droit de Serguei, place le canon du pistolet contre la tempe du russe, renouvelle sa demande « tu veux bien appeler Piotr et lui dire gentiment de venir ici ? ».

Un silence, Natasha se met à crier, alors Jim lui colle une bande du ruban adhésif sur la bouche et la maintient par les épaules car elle bouge dans tous les sens en roulant des yeux.

Le portable de Tom sonne, c'est Marijo, il décroche, elle est en pleurs, parle confusément, il comprend que Lynn est morte à l'hôpital, Tom lui dit qu'il voudrait être avec elle pour la réconforter, il la calme « tu es à l'hôpital ? je t'envoie Twiggy qui va s'occuper de tout, elle va t'aider, je t'embrasse », puis sur la réponse affirmative de Marijo, il appelle Twiggy :

— Fonce à l'hôpital, s'il te plaît, mets-toi à la disposition de Marijo, réconforte-la.

— OK, lance Twiggy, mais toi, ça va ? tu tiens le coup ?

— Le plus dur est encore à venir, je crois.

— Mais ta patronne, Lynn, est décédée, alors tu n'as plus de contrat, je préférerais que tu te retires de ce guêpier avant de prendre vraiment une balle dans la tête, viens me rejoindre, Tom, laisse-les régler un problème qui ne te concerne plus.

— C'est du bon sens, ce que tu dis, mais je ne peux plus abandonner la partie, je suis trop impliqué, les policiers avec qui je suis ne comprendraient pas, je reste, j'espère qu'aucune balle ne viendra vers moi, je raccroche, je t'embrasse.

Tom se retourne vers Franck, l'air dur, ne semblant plus vouloir faire de concessions, il lui dit sèchement de poser la question une dernière fois à Serguei qui crie « vous vous trompez ! », alors Tom fait signe à Franck « c'est bon, on a perdu assez de temps, suicide-le ».
Dans un dernier éclair de lucidité Serguei a compris qu'ils ne plaisantent plus. Il se met à se débattre sur son siège, en roulant des yeux vers Franck qui est juste à côté de lui, il sent le contact froid du canon du pistolet.
Franck appuie sur la détente, le sang gicle par terre, de la cervelle et du sang se retrouvent aussi sur le meuble de rangement adossé au mur, Serguei s'affaisse sur son côté gauche, mort sur le coup. Une odeur de poudre, de sang, de mort flotte dans la salle. Un lourd silence règne parmi l'équipe, la violence de l'action a fait perdre ses moyens à Natasha qui tremble.

Tom regarde Franck, qui attend un ordre car ils n'ont obtenu aucun résultat positif en abattant le Russe, alors d'un ton plus que préoccupé Tom enjoint à Franck de délier les mains de Serguei, de l'ôter de sa chaise, d'essuyer ses empreintes de la crosse du pistolet, de serrer la main droite de Serguei autour de cette crosse, et d'allonger le corps par terre vers le fond de la salle.

Jean-Paul qui a fini la fouille du 2ème étage arrive discrètement au 3ème par la cage d'escalier suivi par Guillaume, pour un peu ils auraient effrayé leurs collègues, Tom leur ordonne de se mettre en embuscade, cachés dans le hall du milieu, derrière des fauteuils qui sont contre la salle de réunion, mais avec vue sur l'ascenseur et l'escalier.

La consigne que Tom, l'air sombre, répète à Jean-Paul et Guillaume concernant Piotr, c'est « Tirez sans sommation, mais ne les ratez pas, donc tirez quand vous êtes sûrs, ou mieux, blessez Piotr sévèrement et laissez Jim l'achever, je crois qu'il en a envie ». Jean- Paul et Guillaume acquiescent et vont se mettre en position.

Tom revient vers Franck qui en a terminé avec le corps de Serguei: « même scénario pour Natasha, et même fin si elle ne veut pas nous aider », Jim s'approche d'elle et lui enlève son bâillon adhésif.

Franck interpelle Tom « mais avec quoi elle va se suicider ? », pour un peu les deux éclateraient de rire. Après un court temps de réflexion Tom propose d'utiliser de nouveau l'arme de Serguei qui, lui, ne verra pas d'inconvénient à prêter son arme, mais Tom ajoute « on va dire que c'est Serguei qui aura abrégé l'existence de Natasha en lui tirant une balle dans la bouche, ce qui aura évité à Natasha de croupir dans les geôles toute sa vie... et n'oublie pas ensuite de redonner à Serguei son arme ».

Franck a saisi l'arme de Serguei, s'approche de Natasha, lui fait ouvrir la bouche en cognant ses dents avec le canon, puis lui pose la même question qu'à Serguei à propos de Piotr, « tu veux bien demander à Piotr de revenir ici ? », mais cette fois Natasha hoche la tête de façon positive.

Jim apporte le portable de Natasha, demande à Franck d'identifier le numéro de Piotr, tient le portable près de la bouche de Natasha, fait le numéro de Piotr, sonnerie, puis...

Piotr décroche, Natasha parle en russe « tu reviens ? », Piotr a juste le temps de dire « j'arrive par derr… », Jim coupe immédiatement la communication, sur injonction de Franck, avant que Natasha pousse un cri démoniaque et désespéré.

« Tu sais ce qu'elle mérite, Tom ? » propose Franck, mais Jim s'avance vers Franck, la main tendue vers l'arme « tu permets ? », Franck lui glisse l'arme de Serguei dans la main.

Jim se retourne vers Natasha qui n'ose plus ouvrir la bouche, « ne lui casse pas les dents » avertit Tom, alors Jim positionne l'arme sous le menton de Natasha, dirigée vers la gauche, Jim plonge son regard dans les yeux suppliants de Natasha, un silence, elle a le temps de haleter, puis Jim tire, la balle traverse la tête, de nouveau du sang sur le mur, le sol et le meuble de rangement cette fois, elle s'affaisse, la tête rejetée en arrière :

— Mettez son corps pas loin de Serguei et le pistolet, surtout, dans la main de Serguei, une fois vos empreintes effacées, vite, ordonne Tom.

— Au fait, Tom, quand Jim a coupé la communication avec Piotr, s'interroge Franck, Piotr a dit quelque chose comme : j'arrive par derr…, il voulait dire quoi ?

Silence de ses deux collègues, Tom réfléchit à haute voix :
— Bon sang, on a oublié ce point, il y aurait une porte d'accès par l'arrière de l'immeuble? auquel cas notre gars en bas ne le verra pas arriver ! Franck, demande vite à John d'aller voir avec l'employé aux clés.

John reçoit dans son oreillette l'appel de Franck, il s'approche de l'employé et lui demande s'il connaît l'existence d'une sortie à l'arrière de l'immeuble, ce dernier lui explique que oui, quand il y a des réunions de direction qui durent tard le soir, la direction a les clés d'une petite porte sécurisée qui débouche sur l'arrière de l'immeuble.

Au moment même où John veut foncer avec l'employé bloquer cette porte, la lumière bleutée d'un gyrophare venant de la rue, fige tout le monde sur place, au rez-de-chaussée comme au 3ème étage, où Tom demande à Franck :
— On décide quoi ?

Franck se précipite vers les baies vitrées, observe la voiture de service garée devant l'immeuble, les fonctionnaires en tenue qui en sortent :
— C'est une petite équipe du GIGN, ils doivent venir évaluer la situation pour calculer les renforts, s'il y a lieu, annonce-t-il à Jim et Tom, il va falloir jouer serré.

Par la liaison radio de l'oreillette, John annonce à Franck l'entrée en force du GIGN, emmené par son capitaine, Jérôme Lacoste, grand et baraqué, qui s'arrête devant John et l'employé de Nirwan, et s'écrie :
— Mais c'est... John, n'est-ce pas ? mais où suis-je tombé ? je vais aussi trouver Franck sans doute pas loin, voire le beau Charles ? explique-moi, John, que faites-vous tous en mission sur le territoire français, je dirais même parisien ?

John glisse un léger sourire embarrassé :
— Désolé, Jérôme, mais il y a urgence, Franck vient de me dire d'aller avec cet employé de Nirwan verrouiller la porte arrière de l'immeuble, je t'expliquerai tout ensuite.

— Une seconde », réfléchit Lacoste, pas question que vous opériez seuls, mon adjoint, Serge, vous accompagne, c'est lui qui commandera.

John rend compte à Franck et se lance vers le fond du hall avec ce Serge et l'employé, à qui il a demandé de les mener de toute urgence à cette porte arrière. Les trois pénètrent dans un couloir faiblement éclairé, on distingue à une vingtaine de mètres une porte coupe-feu métallique, mais deux silhouettes jaillissent de l'ombre et tirent sur le groupe, l'employé, qui menait le groupe, tombe sans un cri, comme une masse, Serge qui suivait prend une balle dans l'épaule droite et s'affaisse, John le tire en arrière et recule, les coups de feu ont alarmé les autres hommes du GIGN qui débouchent dans le couloir et font feu sur quatre ombres qui se faufilent dans la cage d'escalier.

Deux hommes du GIGN se mettent en position au pied de l'escalier, on entend la cavalcade des quatre fugitifs vers les étages supérieurs, Lacoste fait prendre en charge son blessé par deux autres gars de son équipe, alors que John se charge de l'employé mort, qu'il transporte dans le hall.

John, en marchant, appelle Franck pour le prévenir qu'un groupe, certainement Siniviev et ses sbires, est en train de monter dans l'escalier vers le 3ème étage.

Lacoste passablement énervé par cet épisode exige de John un résumé rapide de la situation, plus précisément du guêpier dans lequel il vient de tomber.
John passe l'oreillette à Lacoste, « c'est Franck ».
— Salut Jérôme, désolé pour ton gars blessé.

— Alors le point, Franck, vite ?
— Les deux dirigeants russes qui avaient pris le contrôle frauduleux de Nirwan se sont suicidés…
— Suicidés de chez suicidés ? interroge Lacoste qui n'est pas né de la dernière pluie.
— Ouais, fait Franck, ici au 3ème nous sommes avec Tom le détective privé qui a mené toute l'enquête sur Nirwan et Jim, un… enquêteur de Nouvelle-Zélande.
— D'où ça ?
— Oui, bon, j'ai aussi Jean-Paul et Guillaume planqués dans le côté gauche du hall, donc les quatre types qui sont en train de monter vers chez nous, c'est Piotr, l'homme de main du dirigeant russe, un tueur très dangereux avec trois sbires, le quatrième est mort dans la cage d'escalier du bureau de Tom.
— Oui, une overdose de saturnisme, intervient Lacoste, deux balles de plomb, c'est comme cela que le commissariat du 6ème nous a mis sur l'affaire…
— Vous avez mis du temps pour venir !
— Tu parles, le temps qu'on recoupe la tuerie du XVIe arrondissement et celle de la rue de l'Odéon avec une demande d'intervention rue de Châteaudun où rien n'était signalé !
— OK, bon, bref, nous trois ou plutôt nous cinq, on les bloque à leur arrivée par l'escalier ici, vous, immobilisez l'ascenseur en bas et ensuite montez à leur suite par l'escalier pour les prendre à revers.
— Autre chose que je peux faire pour toi, mon cher Franck ? après, tu m'expliqueras ce que tu fais à tirailler dans Paris au lieu de regarder le match du PSG dans ton fauteuil à la maison.
— Désolé, c'est demain, le match…

—Bon, l'ascenseur est immobilisé par John au rez-de-chaussée, nous montons, je suis avec quatre gendarmes, tu éviteras de nous tirer dessus, Franck…

Au 3ème, Tom a fait éteindre les lumières de la salle de réunion, histoire de ne pas jouer aux cibles de foire. Franck retourne vers le cadavre de Serguei et lui reprend le Tokarev « désolé, vieux, je te le rendrai après avoir buté ton Piotr », puis va donner son Sig Sauer à Tom et vérifie que Jim a toujours le Glock bien en main.

La salle offre peu d'abris, alors ils sont en train de renverser les fauteuils et surtout la grosse table de conférence massive, façon Fort Alamo. Piotr débouche de l'escalier, les repère dans la salle et lâche une longue rafale qui fait baisser la tête aux trois d'Alamo, si bien qu'ils ne voient pas Piotr et ses trois sbires profiter de l'instant pour se glisser dans la partie des bureaux avec ordinateurs qui constitue comme un labyrinthe si on se déplace à quatre pattes.

La bataille s'engage, les tirs des Russes font voler en éclats les parois vitrées de la salle de réunion, dans un fracas de verre épouvantable. Timidement les ripostes de Franck et ses collègues atteignent les écrans bleus des ordinateurs, dont les lumières s'éteignent au fur et à mesure, si bien que l'étage est maintenant éclairé par la seule lueur des lampadaires de la rue.

Lacoste et ses hommes sont arrivés sans dommage à la porte d'entrée de l'escalier sur le palier du 3ème, mais un tir de barrage de Piotr les cloue sur place, sur les premières marches.

John est resté au rez-de-chaussée pour garder l'entrée de l'immeuble.

Le bruit des tirs est infernal côté Piotr, mais dans la salle de réunion on économise ses cartouches. Prendre d'assaut les bureaux où sont planqués les Russes paraît suicidaire, Lacoste ne sait que faire sans mettre en danger ses hommes.
L'étage sent la poudre, la sueur, la peur, les assaillants se déplacent, bousculant de temps en temps une chaise, un bureau, rampant aussi sur des débris de vitres qu'ils écrasent bruyamment. Une pause semble convenir de tous côtés, silence à l'étage pour quelques instants, chacun doit réfléchir à une solution.

Tom chuchote à Franck :
— Tu as une idée ? on est bloqué, et Lacoste aussi, c'est la guerre de tranchées.
— Tom, je vais me déplacer tout au bout de la salle et tenter quelque chose, tenez-vous prêts, Jim et toi.

Puis il part en rampant par-dessus les morceaux de verre qui craquent vers l'autre extrémité de la salle, il est maintenant un peu plus près de l'espace bureau où sont retranchés Piotr et ses sbires.

Du coin où il se trouve, Franck rassemble les quelques mots utiles de russe qu'il connaît, se racle la gorge, et *en russe* « Piotr, c'est Serguei, viens par ici, je te couvre avec mon Tokarev » il tire en même temps une balle juste au-dessus de la cage d'escalier où se trouve Lacoste, pour induire en erreur Piotr.

Le son caractéristique de la balle véloce du Tokarev, la direction vers laquelle le tir a eu lieu et aussi l'endroit d'où le tir est parti, qui n'était pas le centre de la salle de réunion, la voix qui a parlé en russe, tout cela fait que Piotr tombe dans le piège, se décide en une seconde et surgit, courbé, venant de sous un bureau et file vers Franck, qui, tel un chasseur, est en position dans le noir, les deux mains sur le Tokarev.

La première balle du Tokarev stoppe Piotr dans son élan à trois mètres de Franck, les deux hommes se voient dans la pénombre, l'incrédulité se lit sur le visage de Piotr, une deuxième balle l'immobilise, c'est là que Jim surgit courbé, plonge vers Piotr, l'agrippe par les cheveux.

Piotr est trop faible pour réagir, mais il a le temps de voir la mort venir, quand Jim lui loge une balle en plein front.

Franck se lève alors et crie en russe aux trois sbires de Piotr : « rendez-vous, Piotr est mort, vous êtes prisonniers », alors trois silhouettes hésitantes mais habituées à obéir, surtout à des ordres en russe, se redressent, au milieu des bureaux. Les hommes de Lacoste, qui ne parlent pas russe, sans chercher à comprendre cet épisode en version originale non sous-titrée, profitent de cet intermède surréaliste pour les ajuster d'un tir nourri.

Un silence, puis Franck crie :
— Je crois que c'est bon, Jérôme.
— OK, on va aller au résultat, avec précaution les gars, réplique Jérôme.

Odeur de poudre, de sang versé, étage dévasté, la lumière revient, quelques néons sont restés opérationnels, tout le monde s'ébroue, se déplie, fait quelques pas, Lacoste envoie deux gendarmes vérifier que Piotr et ses trois hommes sont hors d'état de nuire.

Tandis que Lacoste et ses hommes sont ainsi occupés, Franck enjoint à Tom de vite ramasser les affaires de Serguei et Natasha, qui sont tombées à terre au début de l'attaque quand ils ont renversé la grande table de conférence pour se protéger derrière elle. Il lui recommande de prendre leurs passeports et de remettre le Tokarev dans la main de Serguei.

Tom voit à côté des passeports un téléphone, il le saisit, poisseux du sang des Russes sans doute, l'ouvre et remarque que c'est celui de Natasha, alors réflexe, Tom ne sait pas l'expliquer, il le glisse subrepticement dans la poche intérieure de sa veste, il reste encore des papiers qui traînent par terre à l'autre bout de la table, Franck s'en empare ainsi que d'un téléphone qui gît à côté :
— Bon sang, Tom, tu ne vois pas le deuxième téléphone ? je n'en trouve qu'un, s'étonne Franck.
— Non, bougonne Tom en se demandant bien pourquoi il a ainsi fait main basse sur le téléphone de Natasha.
Dehors dans la rue, des gens sont rassemblés, venus se renseigner sur ce tapage nocturne, il y en a même (ceux qui savent toujours tout) qui s'autorisent à claironner « ils tournent un film, je crois ».

Des voitures de police d'un commissariat voisin viennent ajouter leurs gyrophares. Tom interpelle Franck et lui dit de transmettre à John, en bas, de bloquer l'accès aux étages pour l'instant.

Lacoste, qui a entendu, s'approche de Tom « bonne idée », puis il ajoute avec un grand sourire :

— Docteur Livingstone, *I presume ?* Alors c'est vous, ce fameux détective dont tout le monde parle.

— Fameux, je ne sais pas, c'est ma première enquête, j'avoue que je suis très heureux de votre intervention sans laquelle je n'aurais rien pu faire.

— Bon, opine Lacoste, alors avant que des officiels tatillons viennent nous questionner, qui peut me résumer ce qui s'est passé ce soir ?

— C'est très simple, Jérôme, commence Franck.

— Je n'en doute pas, mon cher Franck.

— Un groupe russe ou slave a cherché à prendre les commandes de Nirwan pour pouvoir se servir de cette société pour voyager et sans doute agir criminellement sans traces dans le monde entier, ils ont liquidé, en utilisant leur tueur Piotr Siniviev et son équipe, Quentin Dervaux, sa femme Lynn, leur associé Ingmar Lundqvist, puis trois personnes à Auckland qui auraient pu parler et les dénoncer.

— Ah d'où la présence de Jim ici ?

— C'est cela, les deux dirigeants, eux, Serguei Bulganov et Natasha Sinivieva ont mis fin à leurs jours lors de notre arrivée.

— Ah bon, comment cela ?

— Serguei a suicidé Natasha, sévèrement compromise, qui risquait la peine de mort.

— Pas en France, précise Lacoste, le sourcil droit levé.

— Non, disons ailleurs, sourit Franck, ensuite Serguei s'est tiré une balle dans la tempe avec son Tokarev, cela ne pardonne pas.

— Donc cela à votre arrivée ?
— Oui.
— Il devait être très émotif, ce Serguei.
— L'âme slave, romantique, sans doute.
— Oui, bon, à mon avis ce Serguei devait être un collègue professionnel à toi, Franck, dommage, on aurait pu avoir une conversation persuasive intéressante...
— Il était peu causant...
— Bon, qui fait le rapport ? veut conclure Lacoste.
— Tu es de loin le mieux placé, Jérôme, d'ailleurs, nous, on doit s'en aller, on passait par là...
— Par hasard, suggère Lacoste.
— Oui, à tel point que nous citer dans ton rapport nuirait à la clarté du récit, propose Franck, j'emmène Jim avec moi, il passait juste par là aussi.
— Bon, c'est drôle, pas de doute, fait Lacoste dubitatif, mais vous disparaissez, ni vu ni connu, moi je prends tout dans la poire, cela ne marche pas comme cela ! ou alors je peux présenter ma démission dans mon service.

Tom, Franck et Jim se taisent, attendant la suite. Lacoste les dévisage, une vraie bande d'irresponsables :
— Que mon équipe ait abattu les trois sbires de Piotr, d'accord, admet Lacoste, mais Piotr reçoit deux balles du Tokarev de Serguei déjà mort, avant d'être achevé d'une balle de Glock, si j'ai bien compris, et tenu par qui ?, puis Serguei ressuscite, abat Natasha et se suicide définitivement, alors si on ne met pas en musique tout cela, moi je suis fini, au mieux je suis au chômage, au pire je préfère ne pas y penser. Alors qui se dévoue pour rendre crédible ce carnage ?

— Est-ce qu'il y aura une analyse balistique concernant les munitions qui ont tué tous ces gens ? questionne Jim.
— Bien sûr, lâche Jérôme Lacoste.
— Tom, tu es le seul officiellement présent en France, lance Franck qui ajoute avec un gros sourire que lui et Jim ne sont pas sur le territoire national, donc c'est toi qui as ce Glock.
— Que j'aurais eu comment ?
— Tu te l'es procuré quand tu t'es installé comme détective et tu n'as pas encore eu le temps de le déclarer.
— Comment je l'ai acheté ? poursuit Tom.
— Oh, une combine, si on en est là, je te donnerai l'adresse d'un fourgue quasi-officiel.
— Piotr prend ces trois balles, dont seule celle du Glock est mortelle, continue Jérôme Lacoste, pourquoi c'est toi qui aurais tiré, Tom ?
— Mais non voilà, j'ai une idée, ce n'est pas Tom, tout est clair maintenant, je revois la scène, fanfaronne Franck.
— Avec toi je me méfie, dit Lacoste sceptique.
— Je vous explique, poursuit Franck sans se décourager, toi Jérôme, tu arrives avec tes gars, tu abats trois dangereux sbires qui te tiraient dessus. Leur chef Piotr veut s'échapper mais Serguei, honteux de l'attitude de son employé, préfère le neutraliser avec son Tokarev mais ne le tue pas, alors il sort sa seconde arme, le Glock, avec laquelle il l'achève d'une balle en plein front, puis honteux de l'attitude de Natasha, il l'abat pour lui éviter les affres d'une condamnation terrible, et c'est alors que Serguei se fait en quelque sorte hara-kiri en se suicidant, cela me paraît clair, non ?
— Sacré Franck, cela fait un moment que tu travailles dans la brousse, mais enfin, c'est au moins l'ordre dans lequel les évènements n'ont pu que devoir se passer, même si ces

explications sont fumeuses. Je n'ai pas le choix, les gars, vous m'avez bien mis dans la mouise, donc Franck et Jim vous disparaissez par la porte de service à l'arrière, Jim tu laisses ton Glock par terre à côté de Sergueï, toi Franck, emmène ton équipe, personne par la porte de devant ! Tom, reste avec moi quelques instants pour donner à mon rapport un peu de véracité.

Franck est rejoint par ses hommes, Jean-Paul et Guillaume restés bloqués et planqués sous un canapé à quelques mètres de la bande à Piotr, puis se sépare de Lacoste sur ces mots : « je prends John en bas au passage, mets un gars à toi pour le remplacer et filtrer les entrées ».

Franck serre la main de Lacoste « merci, Jérôme, à la revoyure », puis fait signe à Tom, s'approche de lui, et lui dit à voix basse qu'il vient de contacter Marchetti pour lui faire un rapport :
— Sur le moment, Marchetti s'est énervé car il aurait aimé une fin moins sanguinolente, en particulier il voulait que tu épargnes Sergueï, mais il sait dans quelle spirale nous étions tous partis, il sait que l'ambiance n'était pas à la négociation…
— Je m'inquiète de savoir si Marchetti m'en veut.
— Je te rassure, ne t'inquiète pas, tout va bien, mais comme nous quittons les lieux et que tu restes un moment, il m'a recommandé que tu n'oublies pas de récupérer, si tu peux, les formulaires de transfert de propriété des titres signés par les associés Nirwan.
— Pour en faire quoi ? s'interroge curieusement Tom.
— Il m'a dit, poursuit Franck, que l'état-major de Nirwan est entièrement décapité, la seule associée vivante est Marijo,

il te conseille d'appeler un certain Fergusson pour voir ce que vous pouvez faire ?

— Oui, sans doute, Marchetti ne perd pas le nord ! lâche Tom avec un petit sourire en forme de grimace.

Il est grand temps pour Franck et son équipe de s'éclipser par l'escalier, après une chaleureuse poignée de main avec Tom, qui prend ensuite Jim à part :

— Pars comme eux par la porte à l'arrière, évite tout contact avec la police qui a dû arriver en bas et contacte Twiggy pour trouver à te loger, nous on se verra ce soir ou demain.

Un quart d'heure plus tard Lacoste libère Tom après quelques questions pour son rapport, mais Tom lui demande l'autorisation de rester encore un moment et de faire venir le notaire de Nirwan pour trier des documents qui auraient pu être endommagés. Lacoste n'y voyant aucun problème, Tom appelle Robert sur son portable :

— Bonsoir Robert, désolé de te déranger à 21 heures, puis-je te parler ?

— Bien sûr, je regardais la télé, on parle d'ailleurs sur BFM d'une fusillade qui aurait eu lieu rue de Châteaudun ?

— Précisément, je suis au siège de Nirwan, la police est sur place, tout est calme maintenant, peux-tu venir d'urgence voir avec moi quels documents de la société, en particulier les bordereaux de transfert d'actions, on peut sauver de la bagarre qui vient d'avoir lieu ici ?

— Mais c'est sans risque ? s'inquiète Robert.

— Aucun, affirme Tom, je t'attends.

Au 3ème étage, des équipes médicales chargent au fur et à mesure les six cadavres russes sur des civières, c'est un va-et-vient permanent, des gendarmes ramassent les douilles qu'ils trouvent, ainsi que les armes abandonnées par les Russes, tandis que Lacoste prend des notes et des photos pour son rapport, alors Tom commence à classer les documents qui étaient sur la grande table de conférence avant l'assaut général.

Certains classeurs ont souffert, il les porte sur une étagère de la bibliothèque, largement endommagée elle aussi, qui ornait la paroi de la salle sur toute sa longueur. Il en profite pour avancer le travail de Robert en cherchant comment sont classés les documents juridiques de la société.

Robert a réussi à franchir les cordons de police qui ceinturent l'immeuble, se faire identifier à l'entrée, puis gravir les escaliers jusqu'au 3ème étage, où Tom le reçoit et le présente à Lacoste. Tom l'emmène dans la salle de réunion :

— Voici une partie des documents que Serguei et Natasha consultaient lorsque nous sommes arrivés.

— Ils sont morts ? j'ai vu passer des civières.

— Oui, je te raconterai, mais là nous sommes pressés, aide-moi à trouver les feuilles de transfert de titres qui ont dû être signées sans doute hier, par Ingmar et Natasha, par Serguei aussi. Voici pour l'instant les documents que j'ai déjà récupérés.

Robert s'approche des classeurs, les prend avec précaution, et debout devant l'étagère entreprend leur lecture.

Tom s'est éloigné pour souffler un peu, reprendre ses esprits, lui qui ne supportait pas la violence, il se demande comment dans le feu de l'action il a pu donner des ordres aussi barbares, à des professionnels de la sécurité qui lui ont obéi, peut-être trop facilement d'ailleurs, comme s'il était leur chef assermenté, il est presque pris de vertiges en voyant Serguei passer sur une civière.

Robert l'appelle d'une voix forte et impatiente « viens voir cela », Tom se précipite dans la salle auprès de Robert :
— Figure-toi que j'ai mis la main sur ce que tu cherchais sans doute, plastronne Robert.
— C'est-à-dire ? interroge Tom sceptique.
— C'est incroyable, plusieurs feuilles de transaction sont signées par Ingmar, comme vendeur, mais les noms des récipiendaires, pas plus que les montants des actions, n'y figurent.
— Pourquoi ?
— Eh bien, c'est simple, par exemple Ingmar était convaincu d'avoir vendu, puisqu'il avait signé comme vendeur, mais en dessous aucune mention de l'acheteur, donc Serguei et Natasha devaient s'apprêter à décider de la composition exacte de l'actionnariat quand vous êtes tous arrivés D'ailleurs j'ai aussi trouvé des feuilles de transaction en blanc signées par Natasha et Serguei.
— Mais peut-on déduire qu'en remplissant ces formulaires avec les noms de notre choix, on pourrait définir un tout autre actionnariat ?
— Oui, en quelque sorte, mais où veux-tu en venir, Tom ?
— Soyons clairs, peux-tu à partir de ces formulaires concentrer toutes les actions dans les mains de... Marijo, puisque c'est la seule ancienne actionnaire encore en vie ?

Robert se donne le temps de relire ces formulaires, d'imaginer comment y inscrire le nom de Marijo, et avec quels montants de titres :

— En soi, cette opération est possible, sans problème j'ajouterais même, puisque c'est ainsi que ces formulaires ont été pré-remplis, je dois juste vérifier s'il faut afficher les prix des transactions, à priori pour une déclaration aux impôts.

— Donc les deux formulaires à remplir sont ceux de Ingmar avec ses 40 % à vendre, et de Natasha avec ses 20 % à vendre. Sachant que Marijo héritera des 20 % de Lynn, qui s'ajouteront aux 20% qu'elle possède déjà, elle aura les 100 % dans sa main.

— C'est exact, je viens de réfléchir que Ingmar étant suédois, Natasha ukrainienne ou russe, je ne sais, Marijo résidente néo-zélandaise, il faudra voir où domicilier les transactions...

— Mais Nirwan est de droit français ?

— Pas du tout, de droit néerlandais, précise Robert.

Tom instruit par ces explications s'est précipité sur son portable :

— Allo Alex, je vous dérange peut-être, s'écrie Tom, fort excité.

— Non, je vous en prie, que puis-je faire pour vous ?

— Où êtes-vous en ce moment ?

— À Londres, mais j'ai vu aux news qu'il y a un problème au siège français de la compagnie Nirwan.

— Le problème est réglé, tout est sous contrôle.

— J'en suis heureux pour les associés.

— Pouvons-nous vous voir, demain par exemple, avec Marijo, actionnaire à 100 % de Nirwan ?

—Marijo à 100 %, vous êtes sûr ? comment est-ce possible ?
— Oui, je suis sûr, distille tranquillement Tom.
— Bien, accepte Alex après une hésitation, je suis disponible à partir de douze heures.
— Alors si vous voulez bien, disons douze heures au Café de Flore à Saint Germain des Prés, au premier étage, ce sera plus tranquille.

Tom raccroche sous les yeux de Robert qui continuait à fouiner dans les classeurs et avait suivi la conversation :
— Tu vas vite en besogne, constate Robert.
— Trop vite ? tu m'avais dit que…
— Oui, mais quand même…
— Robert, je voudrais que tu prépares demain matin ce projet de formulaires dûment remplis, que tu te joignes à Marijo et moi pour accueillir Alex Fergusson en vue de l'ultime transaction.

Robert sourit légèrement, fier de ne pas avoir été éconduit lors de la transaction finale, il se fait un point d'honneur d'ajouter « tu peux compter sur moi ».

Les deux hommes se serrent la main sous les yeux de Lacoste, à qui Tom ajoute « merci pour votre aide, à bientôt », Lacoste esquisse un sourire et hoche la tête.

Il est 22 heures, Robert et Tom se séparent sur le trottoir, devant l'entrée de Nirwan, Robert hèle un taxi, Tom s'éloigne à pied, il appelle Marijo. Le portable de Marijo sonne occupé,

Tom choisit de marcher en attendant, vers la place d'Estienne d'Orves et l'église de la Sainte Trinité.

La ligne de Marijo étant toujours occupée, il décide de rentrer à pied par la Chaussée d'Antin et l'Opéra.

Enfin un moment à lui, sans tension, Tom croit revivre. Le trafic autour de l'Opéra l'étonne, à cette heure tardive, l'air est frais, des détails de l'aventure qu'il vient de vivre lui reviennent par bribes.

Vers le Palais Royal, la ligne est libre, Marijo décroche :
— Bonsoir Marijo, comment vas-tu ?
— Tout doucement, soupire Marijo, très doucement, je n'arrive pas à ôter de mes yeux le corps mutilé de ma mère, que j'ai dû aller reconnaître à la morgue de l'hôpital, j'espère que vous avez eu ce Piotr, quelle horreur, percuter ma mère en marche avant, reculer sur son corps et repartir en avant sur elle.
— Oui, on a eu ce Piotr, Jim l'a achevé d'une balle en pleine tête, mais dis-moi, Twiggy est venue te tenir compagnie et t'aider ?
— Oui, merci, elle vient de repartir juste avant que tu n'appelles.
— Je peux t'aider ce soir ?
— C'est gentil, répond Marijo, je n'ose même pas aller dans la maison de ma mère, impossible même d'aller dans cette rue, je crois que je vais vendre au plus tôt cette maison, quand je pense que mes deux parents sont morts en à peine un mois.
— Tu vas aller où ?
— Pour ce soir j'ai réservé une chambre dans un hôtel, je vais essayer de rester le moins longtemps possible à Paris, régler toutes les affaires en suspens et m'envoler pour la

Nouvelle-Zélande, d'ailleurs je ne sais pas comment faire avec Nirwan.

— Je ne veux pas t'ennuyer ce soir avec ce dossier, mais sache qu'après la bagarre au siège de Nirwan j'ai fait venir Robert qui m'a aidé à récupérer les documents de transaction de titres échangés apparemment il y a deux jours.

— Oui, Natasha en a parlé lors de la réunion de ce matin.

— C'est cela, ajoute Tom, mais ces documents ne sont signés que par des vendeurs, si bien que Robert s'emploie à les remplir de façon à ce que tu sois acheteuse des parts de Ingmar et Natasha, donc tu vas être détentrice de 100 % des parts.

— Mais je ne veux plus rien avoir à faire avec cette société, trop de fantômes, de morts, non je n'en veux pas.

Tout en parlant Tom a traversé la Seine et se trouve rue du Bac :

— Je comprends très bien ta position, tu es bien sûr toute à ton chagrin, mais la solution pour te défaire de ces parts est à portée de ta main, j'ai eu ce soir au téléphone Alex Fergusson, il est à Londres et a vu sur une chaîne de télé d'informations le compte rendu de l'attaque de Nirwan, je lui ai proposé de passer demain.

— Pour quoi faire ?

— Discuter avec lui de l'achat de tes parts.

— J'en serais bien incapable, je préfère même les lui donner !

— Si tu veux, mais écoute-le et choisis la solution la plus simple, la plus rapide, argumente Tom.

Silence de Marijo, soupir aussi, Tom poursuit sa route, il approche de la place de l'Odéon « si tu veux, je viens te chercher demain vers midi, et je t'emmène au rendez-vous » ajoute-t-il.

Silence toujours, Tom a l'impression que Marijo pleure doucement, bruit de mouchoir, d'une petite voix, elle le supplie « je sais que tu as aussi eu une dure journée, mais j'ai besoin de ta présence, rejoins-moi à l'hôtel Relais Christine, je ne suis bonne à rien cette nuit, mais viens et tiens-moi juste chaud, je sens que je vais faire des cauchemars, viens ».

Cet hôtel est à deux pas de l'Odéon, alors le temps pour Tom d'envoyer un message à Twiggy « rendez-vous demain 11 h 30 au bureau, important, préviens Jim ». La réponse de Twiggy arrive immédiatement : « pas de problème pour Jim, je l'ai sous le coude... ».

Tom se présente, exténué, au concierge du Relais Christine :
— Mademoiselle Dervaux, je vous prie.
— Elle vous attend.

Chapitre 16

Le premier étage du Café de Flore est vide, en ce 20 novembre, Tom suivi de sa troupe, Twiggy, Jim et Marijo, s'avance et dit au serveur de bloquer trois tables, vers le fond de l'étage.

Déjà Robert arrive, sa lourde serviette à la main, suivi quelques minutes plus tard de l'équipe de Greenstone.

Tom sourit en les voyant, puis s'écrie « poussez-vous, voici Alex Fergusson », Alex salue tout le monde d'un geste ample, il avance avec à ses côtés son inséparable notaire Me Ashley et son fidèle secrétaire Walt Steiger, bien sûr ce déploiement de force fait faire la moue à Marijo, qui se retourne vers Tom, l'air de dire « je m'en vais » mais Tom hoche négativement la tête, de l'index de la main gauche en l'air il lui fait signe de se calmer, le message étant « tu sais ce qu'on a dit, laisse Alex parler ».

Tom, maître de cérémonie, place ses invités : à la table du fond Alex, Marijo et Robert, à la deuxième table Me Ashley et Walt Steiger s'installent et déballent leurs papiers, à la troisième Twiggy sourit à Jim.

Il commande pour tout le monde des boissons, qu'un serveur vient rapidement déposer, il en profite pour régler tout de suite les consommations afin de ne plus être dérangé. L'étage est vide de tout autre client, c'est parfait. Les habitués du Café sont entre eux à se jauger dans la salle au rez-de-chaussée, les touristes sont dehors sur la terrasse à se prendre en photo.

Tom reste debout, passant d'une table à l'autre.

La conversation s'engage à la première table, Alex présente ses condoléances à Marijo qui se mouche, puis il demande si elle est intéressée à vendre ses parts, Tom s'est rapproché, il se tient debout derrière Marijo, les mains sur ses épaules.

Marijo ne répond pas à la question d'Alex.

Alex est étonné, lève son regard vers Tom, impassible :
— Si j'ai bien compris, Marijo, vous avez 100 % des parts, questionne à nouveau Alex.
— C'est exact, fait sèchement Robert, j'ai les justificatifs dans ma serviette.
— Pouvez-vous les montrer à mes adjoints qui sont à la table à côté ?

— Bien sûr, j'y vais, acquiesce Robert qui se lève et change de table.
— Bon, alors pendant que ces messieurs vérifient le côté juridique, Marijo, puis-je me permettre de vous faire une proposition ? interroge Alex.

Marijo hoche sa tête de haut en bas, l'ambiance devient pesante, Alex se tourne vers Tom « vous ne voulez pas vous asseoir, Tom ? » et à Robert qui revient de l'autre table « vous aussi Robert, venez, installez-vous ». Alex réfléchit à comment ne pas faire de bêtises :
— Bien, vous vous souvenez sans doute de mes propositions de prix il y a quelques jours à Te Anau ?
— Oui, Marijo s'en souvient, fait Tom.
— Voilà, mais entretemps des malheureux évènements se sont produits, Nirwan a perdu, après son leader Quentin, Lynn et enfin Ingmar hier, un coup très dur personnellement pour vous Marijo, mais aussi pour Nirwan qui n'a plus de dirigeants, qui a fait la une des faits divers, une mauvaise publicité, qui a été noyautée par une sorte de mafia slave dont on espère que tous ses membres infiltrés ont été neutralisés, par…
— Combien, Alex, coupe Tom, combien ? le tout dit sur un ton sec.
— Euh, bredouille Alex pour gagner du temps, en fait plutôt pour ne pas être rude, car l'homme d'affaires sait bien où il veut aller et puisque Tom lui tend une sorte de perche du genre « c'est pénible, mais allons-y brutalement, cela fera moins souffrir ».
— Oui ?
— Quatre-vingts millions, maximum, et encore c'est un cadeau, balance Alex désinhibé.

Tom dévisage Alex. Certes dans ces circonstances très pénibles, la transaction envisagée par Tom est complètement déplacée.

Un lourd silence s'installe à leur table.

Tom a une pensée pour Lynn venue le voir le 8 novembre pour lui confier cette mission, il s'en veut tellement de n'avoir pu la protéger, même s'il faut dire qu'elle-même n'imaginait pas une telle violence se déchaîner. Peut-être aussi c'est cette même violence qui a transformé Tom à la fin de sa mission, en voulant venger Lynn de façon si brutale.
Il entend encore résonner dans sa tête les ordres d'exécution qu'il a lancés, sur suggestion de Franck d'ailleurs, qui lui par contre n'a montré aucun état d'âme.

La proposition d'Alex flotte encore dans l'air, Robert se racle la gorge et propose :
— Ce n'est pas sérieux, Alex, cela ne fait même pas 20 % des seuls actifs immobilisés de Nirwan, hôtels, avions, et autres, sans compter tous les autres actifs.
— Je sais, mais je regrette, Nirwan n'est de loin pas dans le même état que cet été, lors de nos discussions, là je ne veux prendre aucun risque, quatre-vingts millions ou je me retire de la transaction.

Marijo jette un regard mouillé à Tom et s'adresse à Alex d'une voix douce mais ferme sans se tourner vers lui :

— Non ! quatre-vingts millions pour mes titres de Nirwan, mais en plus les honoraires pour Tom promis par ma mère et multipliés par trois pour les risques qu'il a pris.
— C'est le deal, d'accord, fonce Alex, trop heureux de l'aubaine.

Tom plonge son regard incrédule dans les yeux de Marijo, lui prend la main :
— Je ne peux pas accepter, Marijo.
— Si, Tom, tu dois.
— Mais ce n'est pas avec toi que j'avais un contrat.
— Maintenant c'est pour moi que tu fais tout cela.

À vrai dire Tom et Marijo ont la même répulsion pour cet argent taché de tant de sang qu'ils vont accepter, sous le regard de fantômes.

Alex s'est levé pour donner à la table d'à côté les chiffres à inscrire sur les formulaires de transfert de propriété, « et ajoutez un contrat d'honoraires pour Tom, le montant sera indiqué par Marijo ».

De loin Robert fait un signe à Tom, façon de lui dire qu'il doit lui parler.

Après avoir recueilli les informations nécessaires, le secrétaire Walt Steiger prépare les deux chèques, puis les tend à Alex qui les porte à Marijo.
Celle-ci s'est levée, vient à la table de Twiggy, où Tom est venu s'asseoir pour se détendre, elle lui fait signe de la rejoindre un peu plus loin :

— Je m'en vais, je n'en peux plus, Robert s'occupera de la paperasse juridique de Nirwan avec Alex, ainsi que de la vente de la maison de ma mère, de tous autres problèmes de détails qui pourraient encore surgir. Tiens, dit-elle en glissant le chèque plié dans la poche de la veste de Tom.
— Je ne peux accepter.
— Si, tu peux, tu dois même, c'est aussi de la part de ma mère.
— Tu pars tout de suite, ou je te revois encore ? soupire Tom.
— Non, je pars. Peut-être plus tard, un jour, oui, nous nous reverrons.

Marijo empoigne les revers de la veste de Tom pour l'attirer à elle, elle dépose sur ses lèvres un furtif baiser léger, puis lui adresse un petit sourire triste. Elle s'en va en saluant tout le monde d'un large signe de tête.

Discrètement Robert s'était levé, il s'approche de Tom :
— Je dois te parler.
— Oui, accepte Tom, légèrement inquiet.
— Je dois t'informer d'un détail de la transaction qui n'avait jamais été mentionné, articule Robert.
— Mais de quoi s'agit-il ?
— Marijo a bien eu de Greenstone son chèque de quatre-vingts millions, et toi tes honoraires.
— Eh bien oui, et alors ?
— Alors voilà, il y a, non pas un, mais trois acheteurs…
— Mais tu m'as dit que Greenstone a fait un seul chèque à Marijo.

— Oui, mais Greenstone a réglé pour le compte de deux autres acheteurs !

— Bon sang, Robert, accouche, de qui s'agit-il ?

— Bon, se lance Robert qui se demande s'il n'aurait pas dû bloquer la transaction et en parler à Tom avant les signatures et l'émission des chèques, sache que Greenstone n'a acheté que 60 % des parts et...

— Mais c'est maintenant que tu me dis tout cela ?

— Attends, les deux autres acheteurs ont payé leur part à Greenstone, qui a réglé le tout à Marijo. Il y a d'abord Fergusson qui achète 20 % des parts, à vil prix n'est-ce pas...

— Fergusson personnellement ? ah le forban, j'explose, quel manipulateur, les scrupules il ne connaît pas ! je vais lui dire ce que je pense...

— Oui mais attends, le troisième acheteur pour les derniers 20 % de parts, je ne le connais pas, tu as entendu parler d'un certain Charles Marchetti ?

Robert dévisage Tom qui semble avoir été foudroyé et ne bouge plus, aux abonnés absents... « cela va, Tom ? tu connais cette personne ? »

Lentement, très lentement, Tom tente de refaire surface, il se passe une main sur le front, puis dans la nuque, il se tâte, sa main effleure dans la poche intérieure de sa veste le téléphone de Natasha, qu'il va pêcher avec sa main droite. Sous le regard incrédule de Robert, Tom allume ce téléphone, comme s'il n'avait rien de mieux à faire, consulte le carnet d'adresses, tout est heureusement en français, inconsciemment il sait ce qu'il cherche, il trouve Bulganov, il trouve Ingmar, il trouve... lui-même, il trouve... non, ce n'est pas possible, si... il trouve Marchetti.

« Tom, tu vas bien ? que se passe-t-il ? » Robert trouve que Tom ressemble à quelqu'un au bord d'un précipice, qui va bientôt y tomber, « Tom, parle-moi, que se passe-t-il ? ».

Tom émerge lentement, inspire profondément, dévisage Robert comme s'il le voyait pour la première fois, il secoue la tête :
— Robert !
— Oui, Tom.
— Explique-moi comment Alex t'a justifié l'introduction de deux associés minoritaires.
— Ah mais c'est très simple, d'abord Alex m'a dit « tu te doutes que ce n'est pas la première fois que Greenstone me, disons, récompense lors d'une transaction dont le résultat est particulièrement... »
— Exagéré ?
— Non, il a dit « particulièrement brillant », et il a ajouté « j'ai l'accord total du boss, qui a en plus décidé d'avancer les fonds de notre achat, à Marchetti et moi ».
— Et toi, Robert, tu as accepté ?
— Mais Tom, Alex a respecté les termes de ton accord avec lui : Marijo a touché son chèque de quatre-vingts millions, rubis sur l'ongle, toi tu as eu tes honoraires par chèque aussi, que pouvais-je lui opposer ?
— Qu'a-t-il dit de Marchetti,? il l'a sorti de sa manche ?
— Tom, je dois te dire une chose: Alex est en position de force, ensuite il ne m'a pas menacé clairement, mais plutôt

conseillé de ne pas poser trop de questions en dehors des limites de notre négociation.

— Mais Robert, tu te rends bien compte que Greenstone va déléguer un ou deux de ses brillants directeurs pour redresser Nirwan, qui vaudra dans cinq ans facilement quatre ou cinq cents millions, soit au moins cinq fois la valeur de transaction de ce jour.

— Tom... je le sais bien, reconnait Robert dépité.

— Bon... allons parler à Alex.

— Bien mais sois prudent.

Tandis que Robert s'éloigne vers Alex, Twiggy en profite pour venir dire à Tom qu'elle passe le reste de la journée avec Jim « la nuit aussi, peut-être » ajoute-t-elle avec un éclat de rire.

Jim prend Tom dans ses bras, en le remerciant avec effusion pour tout ce qu'il a fait pour son enquête néo-zélandaise «je repars demain soir, mais j'aurai plaisir à te revoir si tu passes chez nous en Nouvelle-Zélande, je t'attendrai », il prend Twiggy par le bras et ils s'en vont comme deux amoureux.

Alex s'est levé, il prend congé de son notaire Me Ashley ainsi que de son fidèle secrétaire, Walt Steiger, puis, accompagné de Robert, se dirige sereinement, imposant, une légère agressivité se dessinant cependant sur son visage, vers Tom qui l'attend, de la braise dans le regard, debout à côté de sa table :

— Alors Tom vous vouliez me voir ? un point précis qui vous chagrine ?

— Oui, dites-moi, que fait Marchetti dans cette transaction ? balance Tom qui a attaqué bille en tête...

— C'est à Greenstone de décider de la répartition des acheteurs, le vendeur, plutôt, la vendeuse a été dûment payée selon nos accords.

— Si vous voulez, admettons, je n'ai pas à m'immiscer dans la série de cadeaux que veut faire Greenstone pour qui que ce soit, sauf s'il pouvait s'agir d'une forme de rémunération pour des prestations, pour ne pas dire autre chose pour l'instant, ayant permis de réduire considérablement le prix de la transaction au profit de Greenstone, auquel cas une enquête de police devrait être diligentée pour faire la lumière sur les évènements ayant entraîné la chute de ce prix de transaction, termine Tom presque essoufflé par la longueur de sa diatribe dans laquelle il a évité quand même par prudence un ton amer ou injurieux.

Les trois hommes se regardent, Alex réfléchit à sa contre-attaque, Tom saisit son téléphone, fait le numéro de Marchetti, un message enregistré lui répond que le numéro n'est plus attribué. Alex qui a entendu la teneur du message lui sourit :
— Oui, Marchetti ne voulait pas être excédé par des appels intempestifs de gens qui abuseraient de son numéro pour le déranger.

Robert est resté impassible, il ne doit pas céder à une quelconque forme d'énervement. Alex affiche un léger sourire presque méprisant, mais le reste de son corps tendu et massif est prêt à riposter à un assaut, Tom hésite, face à cet obstacle, sur la conduite à tenir.

Alex Fergusson soupire :
— Ai-je bien compris, Tom, que vous voulez faire intervenir la police pour une enquête ?

— Si nécessaire, oui.
— Quels points, précisément, vous paraissent nécessaires d'être éclaircis ?
— Alors je commence par la fin : la transaction qui vient d'avoir lieu à un prix aussi bas…
— Acceptée par la seule associée restante et par vous ! coupe Alex.
— Oui, je poursuis, une telle transaction mérite que l'on vérifie dans quelle mesure les heureux acheteurs auraient influencé, ou plutôt, auraient participé à, voire créé, de près ou de loin, ces faits qui ont décimé les associés de Nirwan.
— Ce que vous dites est très grave, Tom.

Robert jette un regard à Tom, signifiant « fais attention à ce que tu dis ». Alex est ramassé sur lui-même, comme un dogue prêt à bondir sur sa proie. Tom poursuit :
— Voyons froidement le déroulement des évènements : Lynn, bien que divorcée, est furieuse de ce qui est arrivé à son ex-mari, elle contacte Marchetti, qu'elle a croisé dans une réunion, Marchetti qui a pu entretemps se rappeler à son bon souvenir…
— Ou pas ! intervient Alex.
— Je poursuis, pour lui recommander de s'adresser à moi car Marchetti espère me contrôler de loin.
— Divagations, Tom, où vous égarez-vous ? fulmine Alex.
— Mon intervention en Nouvelle-Zélande fait des vagues, la cellule russe s'active avec Piotr, tandis que Natasha manipule Ingmar, Quentin étant donc… hors-jeu. Le chef de cette cellule est Serguei, à qui Ingmar téléphone sans doute depuis le Fjordland lodge…
— À vérifier ! supputations !

— Hier, au siège de Nirwan, pris de panique à la vue de Piotr qui me menace de mort une fois de plus, je craque et j'appelle à l'aide Marchetti stupidement...

— Pourquoi stupidement, il vous sauve la vie en envoyant son équipe !

— Ou bien Marchetti a d'abord envoyé Piotr me menacer pour que j'appelle Marchetti qui a ensuite le champ libre pour m'envoyer Franck et son équipe.

— Mais vous délirez, Tom, Marchetti ne peut pas connaître Piotr ou ce que vous appelez la cellule russe !

— Sauf que, Alex, j'ai dans ma poche le téléphone de Natasha...

— Ah, vous l'avez récupéré ?

— Oui, donc, téléphone où le nom de Marchetti figure dans le carnet d'adresses, explose Tom qui ne se contient plus.

— Vous avez très bien pu ajouter ce nom vous-même, pour les besoins de votre démonstration, tacle impitoyablement Alex.

Tom est abasourdi par cette perfidie, il est sonné debout, Robert vole à son secours :

— Peut-être que Marchetti a vraiment envoyé l'équipe de Franck pour t'aider, Tom.

— Non, Robert, je pense, même si je vais avoir du mal à le prouver, d'abord que c'est Marchetti qui a mis sur pied cette cellule russe, ensuite que Franck devait intervenir pour liquider toute la cellule russe et ne plus laisser de trace, je pense même que si j'avais pris une balle perdue, le nettoyage aurait été complet, le prix de la transaction de ce jour aurait été fixé par Alex à un prix encore plus bas, Marijo cherchant juste à ne plus entendre parler de Nirwan.

— Tom, fait Alex doucement, Tom, vous devez vous calmer, les menaces que vous proférez risquent au contraire de vous porter grand tort.

— Il s'agit là d'une menace de votre part, Alex ?

— La vie de détective est dangereuse, c'est sûr, mais voyons les choses autrement, vous avez atteint vos objectifs, vous avez été rémunéré au-delà de ce que vous espériez au départ, votre contrat a été honoré, que devez-vous chercher de plus ? une sorte de justice pour des faits que vous avez vécus, subis, vous ou d'autres personnes ?

Tom est écœuré, il se met à gesticuler, mais Robert le retient par le bras, Alex poursuit :

— Vous n'avez rien à gagner à ce genre de démarches, vous êtes encore jeune et impulsif, si je puis me permettre un conseil que me donne souvent un de mes amis chinois, qui me dit dans les moments où des choix difficiles sont à faire « pick your fight, Alex, pick your fight ». J'y pense très souvent, il ne faut pas engager une bataille d'où on n'est pas sûr de sortir vainqueur, il ne faut pas non plus engager une bataille qui n'est pas capitale, quand il y a des enjeux plus importants ailleurs…

Alex se tourne vers Robert, « vous avez fait un bon travail, merci pour votre collaboration dans la transaction de ce jour », puis il s'adresse à Tom, « vous avez de l'avenir dans votre profession, vous êtes dynamique, mes félicitations », il lui tend la main, mais Tom ne la saisit pas. Alex hoche la tête et lui sourit, puis il pivote sur lui-même et sort tranquillement du premier étage du restaurant.

Robert est face à Tom :

—Tu m'as épaté, Tom, tu as fait le maximum.

—Oh Robert, tu sais ce que je pense de tout cela…

—Oui, bien sûr, mais maintenant il faut tourner la page, une chose est sûre, tu n'as rien à gagner à poursuivre une quelconque action contre Greenstone. Bon, j'ai encore du travail demain pour mettre en ordre les documents, j'ai été ravi de travailler avec toi, je te prédis une belle carrière si tu poursuis sur ce chemin, ce que je te conseille.

—Merci, content aussi d'avoir pu travailler avec toi, on reste en contact, n'est-ce pas ?

Robert ramasse ses affaires, serre vigoureusement la main de Tom, va même jusqu'à lui tapoter l'épaule de l'autre main, ce qui pour un notaire est un geste exceptionnel d'amitié. Il s'en va, laissant Tom seul à l'étage.

La tension n'est pas encore retombée, Tom cherche encore comment contrer Greenstone et Ferguson, voire Marchetti, d'ailleurs est-il de taille à trouver les preuves d'une collusion Marchetti-Ferguson, d'une mission de Franck destinée à liquider Natasha et Serguei ? non, le coupable certain, Ingmar, est mort, mais un coupable complètement manipulé par les Russes, eux-mêmes battus « dans la dernière ligne droite » par Franck, homme lige de Marchetti, allié à Ferguson. Alex Ferguson doit avoir raison, oui, raison…

Tom prend conscience lentement que tout le monde est parti, le laissant seul, il s'assied, comme sonné, pour la première fois depuis une dizaine de jours il n'y a plus de risques, d'affrontements, de décisions à prendre. Il aurait vraiment voulu avoir la présence de Twiggy, mais aussi de Jim qu'il a appris à connaître et apprécier, aussi de Robert qui s'est révélé fiable, disponible et compétent.

Tom se lève, péniblement, il est au fond de cette salle quand il aperçoit, arrivant à l'étage par cet escalier en colimaçon, une silhouette hésitante, quelqu'un qui vient le réconforter, pense Tom ? ou un client qui s'est trompé ? Tom ramasse ses affaires sur la table.

Mais l'homme s'avance, trapu, inconnu, et cherche... non, l'homme continue à s'approcher de Tom, s'arrête à deux pas de lui, il articule d'une voix ténébreuse « Torondal », Tom reste interdit à le fixer d'un regard interrogatif. L'homme fouille dans une poche, sort un papier et lit à Tom « Tomrandal ? », Tom commence à frémir, la sueur lui coule dans le dos, l'homme sort lentement de sa veste un pistolet et le pointe sur lui, Tom est proche de s'évanouir quand il entend comme un bruit de bouchon de champagne qui saute, il voit l'homme qui s'affaisse au sol, son arme glissant de ses mains. En haut de l'escalier Tom reconnaît Franck, un Glock équipé d'un silencieux à la main.

Franck bondit vers Tom, « aide-moi, on va le cacher là dans ce placard de service, vite, prends-le par les pieds », Tom qui tremble encore de tous ses membres aide Franck de son mieux.

Puis Franck agrippe Tom par le bras, « viens, on descend tranquillement, surtout ne pas attirer l'attention, on a une heure ou plus avant qu'ils ne découvrent le gars dans le placard », il l'emmène hors du Café, mais voyant l'état dans lequel est Tom, livide, il s'arrête avec lui dans une petite rue à côté, au premier bistrot, le fait asseoir en terrasse et lui commande un double whisky. Tom reprend lentement des couleurs, Franck capte son attention :

— Je vais te laisser récupérer, tu m'entends bien, là ?

— Oui… hésite Tom à répondre.

— Bon alors je t'explique : hier Marchetti, au vu des dégâts que nous avions faits, a pris contact avec le chef de groupe de la cellule russe qu'il connaît, il savait que cela ne pouvait en rester là, les Russes auraient passé sur la perte de Piotr et Natasha, ce sont des pions, mais avec Sergueï tu avais touché à un gros poisson dont la perte entraînait une vengeance. Marchetti a obtenu de négocier un deal avec les Russes pour te sauver la vie, mais entretemps le tueur qui devait te faire la peau avait déjà été lancé ce matin, on ne pouvait plus le joindre. Marchetti m'a envoyé, avec l'accord du chef russe, pour intercepter le tueur, on a eu ton adresse ici par Alex Ferguson, me voici, arrivé à temps comme tu vois. Marchetti considère donc qu'il est quitte avec toi maintenant, tu devrais pouvoir finir ton whisky sans prendre une balle dans la tête, conclut Franck avec un large sourire avant de disparaître et de se fondre dans la foule.

Tom reste seul à la terrasse du bistrot, à reprendre ses esprits, il avale son whisky d'un trait, puis une idée lui passe par la tête, il prend son téléphone et appelle la Scando Bank, la réceptionniste décroche, Tom demande à parler à Delphine Bertaud, réponse de la réceptionniste « Madame Bertaud a quitté notre établissement, souhaitez-vous parler au nouveau directeur ? », « non merci, au revoir ».

Cette fois-ci Tom abandonne, il clôt le dossier, il faut savoir passer à autre chose. Les yeux dans le vague, il ne fait que distinguer à peine le défilé incessant de silhouettes passant sur le trottoir dans les deux sens et qui lui tiennent lieu de compagnie.

Tous mes remerciements vont
à

Michel, Olivier
pour leur aide technique

Jean, Jean-Marc, Andrew
pour leurs conseils

et Annick
pour ses relectures